請貼
郵票

11466
台北市內湖區瑞光路 76 巷 65 號 1 樓
秀威資訊科技股份有限公司 收
BOD 數位出版事業部

（請沿線對折寄回，謝謝！）

姓　　名：＿＿＿＿＿＿＿＿＿＿＿＿　年齡：＿＿＿＿　性別：□女　□男

郵遞區號：□□□□□

地　　址：＿＿＿＿＿＿＿＿＿＿＿＿＿＿＿＿＿＿＿＿＿＿＿＿＿＿

聯絡電話：(日)＿＿＿＿＿＿＿＿＿＿＿＿＿(夜)＿＿＿＿＿＿＿＿＿＿＿＿＿

E-mail：＿＿＿＿＿＿＿＿＿＿＿＿＿＿＿＿＿＿＿＿＿＿＿＿＿＿

讀者回函卡

感謝您購買本書，為提升服務品質，請填妥以下資料，將讀者回函卡直接寄回或傳真本公司，收到您的寶貴意見後，我們會收藏記錄及檢討，謝謝！
如您需要了解本公司最新出版書目、購書優惠或企劃活動，歡迎您上網查詢或下載相關資料：http:// www.showwe.com.tw

您購買的書名：________________________________

出生日期：________年________月________日

學歷：□高中（含）以下　□大專　□研究所（含）以上

職業：□製造業　□金融業　□資訊業　□軍警　□傳播業　□自由業
　　　□服務業　□公務員　□教職　□學生　□家管　□其它____

購書地點：□網路書店　□實體書店　□書展　□郵購　□贈閱　□其他

您從何得知本書的消息？

□網路書店　□實體書店　□網路搜尋　□電子報　□書訊　□雜誌
□傳播媒體　□親友推薦　□網站推薦　□部落格　□其他________

您對本書的評價：（請填代號　1.非常滿意　2.滿意　3.尚可　4.再改進）

封面設計____　版面編排____　內容____　文／譯筆____　價格____

讀完書後您覺得：

□很有收穫　□有收穫　□收穫不多　□沒收穫

對我們的建議：________________________________

____

____

____

國家圖書館出版品預行編目

烙印的年痕：乾坤詩刊十五週年詩選（2002-2011）/
林煥彰、林正三、許赫 主編. -- 一版. -- 臺北市：釀出
版, 2011.12
面； 公分. --（語言文學類 ; PG0693）
BOD版
ISBN 978-986-6095-76-4（平裝）

831.86 100025389

釀文學71　PG0693

烙印的年痕
——乾坤詩刊十五週年詩選（2002-2011）

主　　編　　林煥彰、林正三、許　赫
圖文排版　　王思敏
封面設計　　大　蒙

出版策劃　　釀出版
製作發行　　秀威資訊科技股份有限公司
114 台北市內湖區瑞光路76巷65號1樓
電話：+886-2-2796-3638　傳真：+886-2-2796-1377
服務信箱：service@showwe.com.tw
http://www.showwe.com.tw
郵政劃撥　　19563868　戶名：秀威資訊科技股份有限公司
展售門市　　國家書店【松江門市】
104 台北市中山區松江路209號1樓
電話：+886-2-2518-0207　傳真：+886-2-2518-0778
網路訂購　　秀威網路書店：http://www.bodbooks.com.tw
國家網路書店：http://www.govbooks.com.tw
法律顧問　　毛國樑　律師
總 經 銷　　聯合發行股份有限公司
231新北市新店區寶橋路235巷6弄6號4F
電話：+886-2-2917-8022　傳真：+886-2-2915-6275

出版日期　　2011年12月　BOD一版
定　　價　　550元

Printed in Taiwan

台北市文化局 Cultural Affairs Bureau of Taipei　本詩選承蒙台北市文化局補助出版

目次

古典詩卷

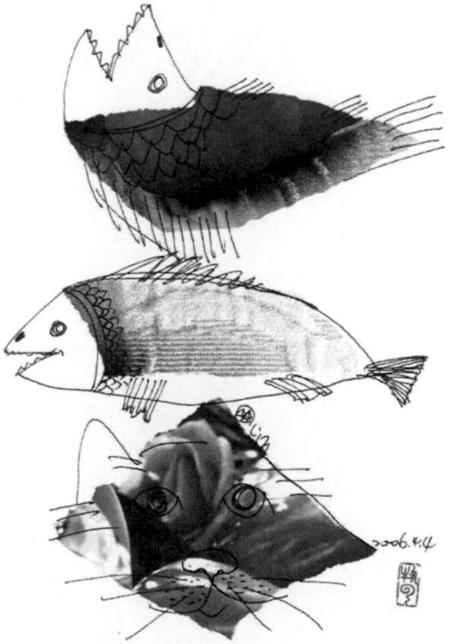

古典詩選贅言

◎林正三

一份既冷門且無眾多社團成員為骨幹，在經濟上亦無財團以為奧援，完全由極少數社員支撐的文學雜誌，得以走過十五年艱辛的歲月而日益茁壯，所依恃的是全體成員這一份犧牲奉獻，為詩學存續而努力以赴的熱誠，這也是《乾坤詩刊》最寶貴之資產。

回溯《乾坤詩刊》成立之初，所有成員皆抱持著一顆熱情之心積極投入，社務委員們挹注經費，編輯群則負責編務，大家理念一致，共同奮鬥，故雖慘澹經營卻卓然有成。個人自慚非參與創始之成員。回思加入團隊濫竽古典詩編務，乃是成立三週年慶之後。在此之前，經歷墨人及林恭祖兩任編輯。墨人先生是心儀久之而素未謀面，至於本家恭祖先生則是十幾年之詩友兼酒友。是以劉創辦人透過文友楊維仁先生力邀擔任古典詩編輯時，即以「現任編輯恭祖兄乃多年好友，恐予人『鵲巢鳩占』之嫌而回絕。」嗣創辦人又商請恭祖兄出面力促，始為應允。且當時亦只以三年為期，孰知因找不到接任人選而延宕至今即將屆滿十有二年。這十餘年來，個人既側身《乾坤詩刊》，另亦兼領「瀛社」會務。又值「瀛社」成立臨屆百年之際，諸多社務待理，如史料之搜集彙整，百週年慶之籌劃，立案之申請，業務數位化以及網站之建立等，皆耗去個人極大之精力，誠可謂焦頭爛額。且由於個人年屆古稀，體力已大不如前，幾經多次向創辦人懇辭編務，承告以需覓得繼任人選，方允卸肩。所幸承東晟兄之應允接任，得以自六十期起順利交棒。

眾所共知，擔任編輯是一份吃力而不討好的工作，尤其是藝文等極具主觀性之刊物，每一位作者既據以投稿，必然認定已是完美無瑕上上之作。而編者則需站在客觀之立場，設身於讀者之角度去揀擇。且於古典詩更有一套形式格律以為先決條件，未符合此一形式格律，即視為違式而無法採錄。這一點，在本刊倒是十幾年都能堅定把握，此無他，蓋緣於非附屬詩學團體之社內刊物，故不具有「來稿必登」之壓力。且社內自創辦人、總編輯以迄所有成員，皆未與掣肘干預，完全付以編者最大之裁量權，這一點，要深深感謝社中所有同仁。

回顧本刊自成立以來皆能克服財務上之困難，於三、五、七週年，共舉辦了三屆「乾坤詩獎」，讓詩壇上的新銳宿將，都有一展長才的機會，也挖掘出不少詩壇新秀。尤值一提者，歷來詩獎，凡本刊成員一律不得參加，以示公允。而本刊之另一特色為新詩、舊詩並陳，同臺演出，促進全體詩人相互交流、以祛除新舊不相容之論調，也獲致許多詩壇朋友的好評。十餘年來，由於全體社友之和衷共濟，使詩刊業務蒸蒸日上，經費上自九十四年起，已陸續獲得行政院文建會及臺北市文化局之部分補助，不必再為錢而煩惱。所欠缺的反而是抱持著為詩壇服務熱誠的人才，諸如編務、庶務等，以致年屆八旬的創辦人，尚需為鋪書、寄書、整理資料、服務讀者等瑣事而日日奔波不已。個人殷切期望，能有年輕的愛詩朋友挺身而出，共同為詩壇之發展、詩教之弘揚而努力。

就個人側身詞壇三十餘年及承乏《乾坤詩刊》古典詩編務十二載以來，難免有一些感觸。深覺晚近詩壇之詩作水準，頗有日趨俚下之勢（尤其是古典詩）。究其原因，誠非一端。顧早期文人，率皆學植深厚之士，夙夕浸淫於斯，稍用心思，即成佳構。反之，時下文人，處此多元社會，聲色犬馬，足以靡其心志者寖夥。且全民偏嗜速食文化，日日競逐於聲光效果炫目聒耳之娛。且詩學一門，又非積學無以為功，故咸避而遠之。加以時尚風潮，於古典詩學一道妄加輕賤，上至政府機構，下至庶民百姓，率皆心態如此。以致古典詩學之新舊傳承，面臨青黃不接的斷層問題。

回顧吾臺數百年以來之文學，自始即以詩為主流，諸如茶山褒歌、客家山歌、念謠歌仔等，無非詩也。然因古典詩有其一定之平仄格律與聲調，初學者因不知其竅要，率皆畏而遠之，不敢輕易去嘗試，尤以入聲之辨別最是困擾。殊不知本島之主要語言，如閩南語與客（含粵）語，於平仄聲調方面，可謂出口即辨，以之從事古詩之創作，佔有極大之方便。卻因光復初期，箝制了鄉土母語之使用，極力推行以北京話為主之國音，導致閩南語、客語等鄉土語言之日趨式微，間接亦造成詩教之陵夷。此毋寧是固有文化之一大損失，如不力加挽救而任其淹滅，勢將淪於萬劫不復之境地，不禁為臺灣文化之前途擔憂。所幸目前教育當局，正積極推動母語教學，而本島通行鄉土語言中之閩南語及客語，不論語音或讀音，皆仍保持唐宋時期之中古音聲調，以之學習唐詩宋詞，實有助於臺灣之古典詩學之推廣及鄉土語言之復活，兩兩相乘，必能達到相輔相成之效果。凡有心之士，莫不熱切期盼。

身為一個編輯，發現一首好詩或妙作，往往如獲至寶，相信是所有職司編務者共同之心聲。至於自身之作品，則可登可不登，視之為補白、墊檔之作可也。茲值本刊成立十五週年，所有社中同仁一致決議，利用這值得慶祝的日子，再出一本類似五週年《拼貼的版圖》之詩選。乃集合古典詩編輯群，就本刊二十一期至六十期中較為優異及投稿較多之作者，人選數篇，以成一臠。由於篇幅所限，掛漏之情況必多。又本刊編輯部自九月底寄出同意書及待校稿後，迄未收到李令計、廖平波、蘇心紘三位詩友之回音，於其大作只有割愛，尚祈諒之。

趙諒公

趙諒公（1910－2009），江蘇東台縣人。國立武漢大學肄業，瑰奇俊逸，早擅英華。來臺後，曾任臺灣省菸酒公賣局分局長暨主任秘書、紡拓會董事長。除對紡織業貢獻卓著外，又精於書法、詩詞、圍棋、票戲，素有才子之稱。飾終之典獲馬英九總統明令褒揚。

步和夢機〈寫意詩〉

夢機兄見寄寫意詩，神采飛揚，意境超脫，允稱名作。領聯以鶯歌石對雁蕩湫，尤屬奇妙。又湫、劉兩韻均極險窄，乃勉強步和，以助吟興。

朝來爽籟動高樓，為伴孤吟寄舊游。
海氣迫人疑夢魘，民情如沸待涼湫。
亡秦必楚寧三戶，衛道傳經慕一劉。
我自低回傷往事，漫天風雨不勝秋。

註：《文選・宋玉・高唐賦》：「湫兮如風」，釋謂涼貌。

戊辰秋移居中正梅園十三樓俯視中正紀念堂如在几案有感率賦

瓊樓居處怯高寒，山色將愁入畫欄。
撫景但悲天下小，放懷聊盡客中歡。
關河黯黯離人淚，勳業巍巍上將壇。
如此風光是何世，有誰為障海西瀾。

按：約二十餘年前，台北市中正紀念堂落成，政府所定體制崇隆，遠逾國父紀念館，私衷甚感不平。其後因移居中正梅園十三樓，每日俯見該紀念堂益增感觸，爰本文人積習作詩諷之，並寄送《中華詩學》雜誌發表，旋接詩研所李所長嘉有兄電話略謂「論詩雖佳，但辭意明顯諷刺，因恐觸怒當局，致對本刊不利，建議免予發表」。時值政府施政仍承襲過去威權體制，刊物因文字被禍者不乏先例，乃勉從其請。茲以時代變易，不復有此顧慮，使冷藏多年之詩作，得以再見天日，誠屬快意事也。

李木（春榮）

李木（1917－2010），字春榮，以字行。曾任「松社」暨「瀨音吟社」社長，「臺灣瀛社詩學會」顧問，著有《半曉齋詩草》。

題紹遠堂

結茅環壑小溪邊，哦詩賭酒餘高眠。
羨君此計成獨往，適意物外忘超然。
自云卜築已多載，小有十畝桑麻田。
平時課子勤稼穡，且研元化青囊篇。
人言汐止叭嗹港，斯是萬古蛟龍淵。
知誰識駐山水處，紫綬玉帶遙蜿蜒。
迎門山勢作鳥獸，百草沒脛呈芳妍。
秋來雨霽一洗眼，雲氣磅礡揚獅鳶。
有時月出隱高樹，萬籟寂寂漂玉泉。
人生如夢復如寄，但願長此銷殘年。

自註：堂在汐止叭嗹港小溪為廖斐如所有。

龔嘉英

龔嘉英（1920－2005）出生於江西省靖安縣。中正大學畢業，高等考試及格。一九五〇年由香港來臺，歷任高中、高職國文教員、中國文化大學等各大專院校副教授、教授、考試院高考典試委員。臺灣電力公司顧問，中華學術研究院詩學研究所副所長。著有《詩學述要》、《詩聖杜甫》、《景勝樓詩集》等。

讀杜放歌三百字

我有杜詩在，百怪不能侵。少陵風雨手，乾坤日月心。溪山呈秀色，花木親手植。詩巢八二翁，展卷欣自得。杜詩一千四百篇，研讀於今五十年。七十三歲始著書，詩史互證獲新詮。錢箋朱注素所好，惟有年譜不同調。牛肉白酒來陽墳，乃是前人所誤導。元稹銘墓為定評，洞庭湖中殞文星。旅殯岳陽四十載，首陽山下棲神靈。史傳焉足信，遺篇可為證。諸家誤解多，立言可不慎。杜詩有正氣，朗吟百怪畏。文山囚燕京，浩歌明其志。風簷讀杜詩，大節鬼神知。集杜二百首，卓絕千秋垂。江右宗杜多宋人，荊公首倡使人驚。贊杜可與元氣侔，忠愛能迴天地春。誠齋尊之為詩聖，榮名古今無與競。注杜自昔稱千家，黃鶴父子相輝映。嗟予壯歲渡臺海，世紀更新桑田改。亂象甚於天寶時，權利紛爭綱紀毀。閒居讀杜老猶勤，草堂參拜重斯文。

憶金門

一醉金門已白鬚，依然偈促海之隅。
當年百戰鐃歌壯，此日三通衆望蘇。
漢影雲根尋往蹟，賢王志業慨窮途。
縱觀歷代興衰史，天際飛霞掩綠蕪。

註：明亡後，鄭成功舉兵抗清，魯王朱以海監國金門，親書「漢影雲根」四字刻之石壁。民國六十二年八月，予隨台電公司同仁訪問金門時，即不見此碣矣。

辛巳九日登青潭大香山

有約鄰翁結伴行，高秋爽氣一身輕。
連叢野菊如心淡，幾片岩楓照眼明。
海外頻驚沙漠毒，山中且聽石泉聲。
莫羞髮短風吹帽，老健同登亦足榮。

羅　尚

羅尚（1923－2007），號戎庵，四川宜賓人，曾任臺北大專青年詩社輔導員、大華晚報（瀛海同聲）古典詩欄主編、中外雜誌中外詩壇主編，曾任中華詩學研究所研究委員、臺灣瀛社詩學會。有《戎庵選集》《滄海明珠集》

藥樓午飯

平子書樓近碧潭，牙籤玉軸滿櫥龕。
食前魚筍殊珍味，天下文章足笑譚。
去去如斯波渺渺，依依可奈柳毵毵。
悲天撫世哀人事，庾信桓溫兩不堪。

新店夕望

玉鉤新月挂文山，大道奔車去復還。
夕照將沈三峽外，炊煙亂起五潭間。
生成美景難為畫，偶得真詩豈敢刪。
還是暮雲遮遠望，憑高不見雁門關。

秋晚

重陽過後是殘秋，莫望天涯莫上樓。
笛裡關山心內事，可能同聽不同愁。

其二

月華如水又如霜，十二欄杆一味涼。
書劍尚存人未老，不知何物是他鄉。

杜口

杜口毘耶不二門，潛神玄默是真源。
春風拂面春花發，總是無聲不著痕。

張國裕

張國裕（1928－2010），臺北市人。早歲師事礪心齋林錫麟研習詩書。嗣加入天籟吟社，一九九八年任社長。亦曾任中華民國傳統詩學會秘書長、常務理事、副理事長、理事長。

重遊八角樓（私立淡江中學）

滬尾矜名教，巍然壯翠巖。
樓高瞻八角，河闊憶千帆。
鐸韻青雲展，琴聲夕照銜。
元良求學處，景物自非凡。

春雨

瀟瀟如線串秧針，細補田園布澤深。
勝似江南煙景裡，潤蘇何只老農心。

劉榮生

劉榮生（1930－2011），名先智，筆名東橋，祖籍湖南邵東。歷任軍職、台灣新生報〈新生詩苑〉主編、長春學苑詩詞講師、中華古典詩研究社常務理事、中華楚騷研究會顧問等。著有《東橋說詩》等。

台中豐原市民戴鎮增患肝硬化其子鴻宇捐肝救父

愛子捐肝代父肝，至情能撼萬重巒。
器官移植家同願，刀術施祈人兩安。
罔極親恩總難報，不窮孝思足承歡。
世風澆薄楊香渺，異彩金晶喜一觀。

淡水線上一瞥

霞光輻射滾金球，點點帆鷗影入眸。
遙拜觀音瞻法相，郊遊大遯湧人流。
嶄新樓閣嚴如匣，郁勃園林碧若油。
一瞥江城圖畫美，往來捷運爽於秋。

蔡秋金

蔡秋金（1933－2004），號醉佛。生於鹿港。二十三歲時，見鹿港市況蕭條，乃徙稻江發展。經營之暇，輒寄情於詩酒。任臺北市詩人聯吟會長數十年，年必開詩人大會一次。於詩教之宏揚不遺餘力。並與東南亞、日、韓、香江、大陸各地詩社團體，往還密切，屢次組團互訪，推動詩學交流，著有《醉佛詩稿》。

秋思

海天誰共話桑痲？鐵笛横吹白日斜。
笠澤鱸肥秋有訊，衡陽雁斷客無家。
芳魂泥夢籬東菊，紅粉關情劫後花。
莫笑年來詩骨瘦，須知才血嘔牛蛇。

註：林小眉詩「一斗牛蛇才鬼血，九關虎豹郢纍魂。」

梅花湖賞春

煙霞歸眼底，身寄白雲深。
道心滄海月，春景碧山林。
明鏡涵湖水，幽情託鳥音。
人來三界外，喜隔俗塵侵。

張夢機

張夢機（1941－2010），湖南永綏人。曾任中央大學中文系主任、中文研究所所長。先後著有《近體詩發凡》、《思齋說詩》、《詞律探源》、《鷗波詩話》、《律髓批杜詮評》、《詩學論叢》、《詩橘堂詩》、《西鄉詩稿》、《藥樓詩稿》、《鯤天外集》、《夢機六十以後詩》、《藥樓近詩》等。

漫成

焚天晴昊恐難禁，端午才過暑氣深。
螢幕平寬看世足，蟬聲高亢動詩心。
怕逢謝脁難賡句，既遇鍾期且鼓琴。
傳道東墩成舊夢，暮年黃髮尚相尋。

郊城

郊城七月仍殘暑，十載移家買此廬。
偶換衣衫隨去軫，慣憑文墨答來書。
秋光未覺風霜早，老氣猶侵臂膝初。
倘問當筵何所愛，黃魚以外是青蔬。

訟庭

三年政何哀，其咎在宮拙。貪墨邪成風，直論噤勿說。朝吏重佞諛，廉能固不屑。訟庭畏強權，念之憂思結。期來包龍圖，行事如截鐵。斷案秉大公，所履亦至潔。訟界當自清，以茲為圭臬。骨傲勝竹梅，何惜國本裂。司法苟如斯，黎元悉怡悅。黃旗卓東南，佳哉運未絕。

鳳凰花

六月驪歌唱徹天，乍離黌宇髮猶玄。
可知鳳樹花如火，風雨前程點不燃。

王前（祁民）

王前（1931－），字祁民，號古槐軒主，基隆市人。少時師事呂漢生暨羅鶴泉研習國學，繼與同好於一九七九年創「基隆詩學研究會」。後隨暖江周植夫習詩。曾任「中華民國傳統詩學會」常務監事，「基隆詩學研究會」總幹事等。

鹿港采風

鹿江風物久心牽，垂老重賡翰墨緣。
天后宮中沾聖澤，文開院裏會詩賢。
舊街貌改高樓並，問俗人來曲巷穿。
虎井苔封空有跡，倚欄句剪感時遷。

水仙花

恍似凌波海上來，風神出俗絕塵埃。
娉婷綺態含苞放，搖曳芳姿嫩蕊開。
玉盞沙清營世界，銀盤香發淨靈臺。
憐他冷艷非凡種，邀向明窗共酒杯。

文幸福

文幸福（1949－），字在我，號新田鄉人。生於香港，廣東寶安縣人。國立臺灣師範大學國文系所博士，臺灣師範大學國文系所退兼教授、玄奘大學中文系所專任教授兼系所主任。著有《無益詩稿、續稿》，《雜龍煙雨》（客韓時作品）、《明嬌館雜詩》暨《無益詩稿》等。

過許昌

月下長驅訪臥龍，白楊帶客亦生風。
三曹橫槊驚呼過，慷慨何人可代雄？

抵南陽

南陽靈秀不煩言，人物山川漢古原。
呼酒筵前儘多士，風流鄴下此間存。

過南陽諸葛廬

獨識三分固西蜀，巧排八陣距東吳。
奇談千古隆中對，原是龍吟在草廬。

余雪敏（學敏）

余雪敏（1956－），字學敏，筆名汐之敏，臺北市人，現居新北市汐止區。輔仁大學畢業，歷任行政院新聞局廣電處輔導員，曾編寫公共電視兒童節目劇本《民俗畫》等。退休後受業於林正三老師學習古典詩，洪淑珍老師學習吟唱。

春日偶成

登臨不負好時光，人立尖山眺遠方。
櫛比高樓連海角，嶔崎翠嶺接穹蒼。
緋櫻為我增春色，晚桂隨伊發異香。
回首向來幽谷處，雲開霧散燦金陽。

惜春

飛紅滿徑草如茵，蜂翅紛飛採蜜辛。
雖喜踏青當麗日，唯憐殘蕊化香塵。
桃花展靨歲華新，楊柳垂絲動美人。
陌上百花邀蝶舞，閒來題詠隴頭春。

余興漢

余興漢（1924－），字偉先，筆名淮芳子。湖南平江人。政戰學校政治系一期出身，以陸軍上校退伍後受聘為總統府編纂。酷愛文學，其詩、詞、散文等常發表於臺灣各報刊。著有《醉之愛》新詩集、《夢雲詩詞》、《山海盟詩詞》等。

世紀首航讀後

世紀初航五百天，民生凋敝苦連連。
行船迷向空搖擺，掌舵非人任簸顛。
暴雨同舟宜共濟，激情衝浪禍無邊。
權謀爭鬥何時了？徒有新書亦惘然。

采桑子・追悼無名氏卜乃夫先生

秋風秋雨愁如織，行亦傷懷，坐亦傷懷，死別生離最可哀。如今往事成追憶，月影徘徊，雲影徘徊，惆悵韶光喚不回。

吳身權

吳身權（1974－），字子衡，雲林縣人，現職警員。二〇〇〇年進入「藝文聚賢樓」、「古典詩圃」等網站，學習傳統格律，對於古典詩詞有更深一層的認識。二〇〇三年與其他九位詩友合著《網川漱玉》詩詞合集出版。

馬祖夜懷

滿島笙歌夜始寧，醺來對海浪猶聽。
一輪明月懸天冷，四處亂風吹面腥。
遠別因誰懷淡泊？輕愁只我嘆零丁。
衷腸最苦難傾訴，暫借酣時語不停。

登獅頭山

拋卻紅塵試一遊，清風拂翠夏如秋。
環山石聳奇巖峻，傍谷林添古剎悠。
虔禮佛天臨佛地，漫登獅尾到獅頭。
蟬鳴鳥韻皆天籟，此日陶然共忘憂。

吳俊男

吳俊男（1977－），字子彥，筆名風雲，高雄人，淡江大學中文系碩士班畢業。古典詩曾獲教育部文藝創作獎教師組首獎、玉山文學獎首獎、二〇一一台北市花博詩王爭霸社會組首獎，與詩友合著《網川漱玉》與《網雅吟懷》。

論詩絕句

青山碧水是吾師，剪月裁雲鑄逸詞。
未必瑤章書裡覓，尋常花草亦為詩。

詠螢火蟲

孤懷託松柏，明滅自惜惜。
莫道螢光小，猶懷照夜心。

登擎天崗

山崗曠遠豁吟眸，春草離離翠欲流。
廓落襟懷接天地，紅塵順逆一時休。

吳東晟

吳東晟（1977－），號東城居士，南投名間人。成大中文所博士生，大專兼任講師。曾任「全臺詩」計畫專任助理。參加瀛社、彰化縣詩學研究協會等多個古典詩社。現為《乾坤詩刊》編輯。著有現代詩集《上帝的香煙》，古典詩集《愛悔集》等。

戊子上元前一夜與友人觀海

驅車臨四草，對海遠凝眸。
紙剪梅花鼠，燈籠皮卡丘。
迴潮如鼓瑟，噫氣且吟謳。
明月欣將滿，今宵莫說愁。

無題

蘭舟解纜亦愁予，判袂嚴裝返舊居。
半畝心田熏種子，一泓池水映芙蕖。
忘言欣識談詩友，下筆聊參釋夢書。
甦鮒已投東海去，可曾濡沫憶當初？

吳榮富

吳榮富（1951－），字文修，台南市人，小六輟學，入海尾鄉塾，再發奮攻讀至成大文學博士。十八歲入延平詩社，現任成大中文系助理教授兼華語中心主任。講授〔唐詩專題研究〕、〔詩選與習作〕、〔書法〕、〔國畫〕。學術著作之外，《心墨集》已修正二刷。

圖書館——評網路古典詩比賽擬作

一入瑯嬛百庫殊，牙籤插架貴珊瑚。
眼觀書海知無際，心抱南針欣有謨。
汗簡頻抽資大器，韋篇數絶凜鴻儒。
從來東壁芸香透，日待群賢剖慧珠。

多瑙河

一曲魂縈多瑙河，及觀水色不如歌。
原來同有澄清夢，厭濁耽藍憂鬱多。

八八水災

蓬萊困弱水，六鰲載浮沉。為官守本位，非職莫關心。天禍降淫雨，亡村滅小林。守則無新注，舊例非所任。少作欣少錯，保泰戒熱忱。忽然上意變，搶時如搶金。三軍待總發，萬衆喧雜音。肉食牙未剔，報端放毒針。致使大宰相，拂袖去重嫌。古人悲白骨，今者屍難尋。全臺欲治水，國府需先淹。學者發獅吼，曠世一奇男。內閣新官上，慶賀鮮花添。未聞有上策，但聞蓮舌尖。哀鴻聲已啞，孤雛猶溼襟。空期改組力，泥沼日日深。企業乏生機，遷廠如逃禽。萬民須活計，愛臺徒空談。

鹿耳門鎮門宮懷古

海門指點半黃沙，十里長堤隔浪花。
蚵架斑斑懷古艦，觚稜凜凜起新衙。
英雄用武不辭險，兵士交鋒空自嘩。
底定江山登鹿耳，為誰覓得帝王家。

李佩玲

李佩玲，中山大學中文系畢業，現任出版社編輯。曾獲教育部文藝創作獎古典詩組優選、佳作；乾坤詩獎古典詩組第一名；蘭陽文學獎古典詩組佳作。著作：《綗川漱玉》（合集）萬卷樓出版。

翠峰湖鴛鴦

仙侶一何尋，此間驚豔深。
翠峰雙羽落，煙水共浮沉。

無題

落拓歸來賸此身，更無心力再傷春。
殘箋典與孤伶月，學得霜娥冷對人。

擬野柳仙女歌

嘗濯足兮滄海東，雪衫金絡曳青驄。
長鞭掛在蓬萊角，皓腕招來閶闔風。
逕瀉雲絲成匹練，平收煙水入雙瞳。
迴身脫卻紅塵劫，舊履相忘一夢中。

李知灝

李知灝，嘉義市人，號壯齋。中正大學中文所博士，現為中正大學台灣文學研究所專案助理教授、興觀網路詩會召集人、網路古典詩詞雅集管理團隊成員、彰化詩學研究會通訊會員。主要研究臺灣古典詩與詩話，著有《壯齋詩草》。

哀哀臺籍兵

哀哀臺籍兵，死猶陷論爭。神主非本姓，祭難享豆羹。憶昔割臺島，生是日本氓。不識牡丹色，惟見春飛櫻。須臾接軍令，剋日南洋征。無奈歿異域，神社留微名。至今五十載，河海竟未清。區區牢騷客，為伊訴不平。試問後來者，何德詆先英？彼時各為主，舉措皆摯誠。古釋敵將縛，方可得民情。恣意嗤人祖，豈復是弟兄？本來無一物，庸人塗牆楹。生者自尋惱，往者默無聲。紛紛衆喧鬧，殤魂更零丁。

雨後望山見土石流

盤雲仍往舊山紆，一向蔥榮半壁無。
濫墾須還天地債，銖稽寸累豈糊塗。

李金昌

李金昌（1940－），筆名辛庵，福建南安人。童年旅居印尼，民國四十九年返臺就讀國立臺灣師範大學。求學期間習詩、書法。畢業後任教台北市中正高中，八十九年退休。九十二年於內湖金龍寺書法班傳授書法，九十九年成立逸興書法會兼指導。

武夷山九曲溪聽棹歌追懷朱文公

九曲清溪白雲鄉，丹崖翠霧染紫光。悠悠竹筏輕飄颻，棹歌迴蕩煙蒼茫。我為棹歌心惋傷，欲訴文公已遐方。五夫故里空蓮塘，風力摧蘭使不芳。濁世誰來掃粃糠，周情孔思更發揚。幔亭雲，玉女妝，大小紅袍薦汝旁。公不來兮雨浪浪，公若來兮雲錦張。

長白山

北國雲山任漫遊，滄江原火每遲留。
及登長白呵然笑，我與此山共白頭。

李德儒

李德儒（1950－），出生於廣東開平縣，十六歲移居美國紐約市。曾任《今周刊》、《娛樂新聞周刊》、《新周刊》詩詞版主編，現任《綜合新聞》詩詞及藝術版主編，紐約詩詞學會副會長，全美李氏季刊駐紐約通訊員，網路古典詩詞雅集版主。

悼香港首位因非典而殉職之醫務員劉永佳先生

香江水暖碧無邊，應趁春風萬里船。
無奈繁華隨冷雨，堪憐惡疾虐堯天。
一坏黃土英雄淚，三炷清香紙蝶煙。
今日君軀歸故土，還留熱血在河川。

高雄愛河元宵燈會

多情總是付流光，車外春風漸夕陽。
世路周旋原夢寐，書生渾噩有柔腸。
愛河夜後燈初上，銀燭心中淚亦香。
最是微波輕照影，懷人何處覓霓裳？

沈淑娟

沈淑娟（1966－），偶然的機緣踏入了古典詩詞這塊園地，讓我這個說話喜歡咬文嚼字的現代人，有了歸屬感，終於不再感覺自己異於常人了。

無題

彈指繁華本世情，迷途醒覺一身輕。
東君縱有纏綿意，能共芳菲多少程？

詠野柳燭臺石

絕景俯汪洋，奇岩溯大荒。
偎天爭一角，閱世幻千羊。
冷暖覘人事，滅明搖火光。
潮來潮復往，永日濯滄浪。

自註：「幻千羊」典出《列仙傳》。

林峰

林峰（1967－），浙江龍游人。文學作品散見于海內外數十種報章雜誌。多次獲全國詩詞大賽一、二、三等獎。出版有《一三居詩詞》、《花日松風》等詩集。現為中華詩詞學會常務理事、清年部主任、《中華詩詞》雜誌社特邀編審。

清平樂．中秋

碧天如洗，明月來心底。孤雁低飛人獨倚，迢遞雲程千里。星河難泛扁舟，十年幾度中秋。君莫回頭西望，回頭一片清愁。

玉樓春

梧桐盡落非關雨，為種來年春一縷。今宵詞寫畫中人，醉裡憐君知幾許。飛紅無怨還無語，一片殘秋和水去。何時夢逐暗香回，花滿枝頭情滿樹。

西江月．江濱賞梅

雪綻疏枝千百，風生冷萼清妍。翠光閣外水裙圓，夜靜寒深春淺。　人與幽花對舞，酒同詩意纏綿。天邊新月到眉邊，多少蘭心慧眼

林正三

林正三（1943－），字立夫，號惜餘齋主人，新北市人。現任臺灣瀛社詩學會理事長。著有《詩學概要》、《閩南語聲韻學》、《松山地區之古老詩社——松社》、《臺灣古典詩學》、《惜餘齋詩選》、《千字文閩南語音讀》有聲書等。

過天安門懷六四

學運曾經匯巨潮，於今仍見雪瀟瀟。
天安門外青衿血，淡入微塵怨未消。

雜感二首　有引

見報載陸軍官校五學官因考試作弊為校方開除，感而賦此。

逾時撥錶誑監曹，卒業鴻文擅捉刀。
昔日絲綸生下效，陸官學子足旌褒。

其二

內史他年注起居，論文故事足堪書。

一人所好民尤甚，王化今朝已證諸。

小琉球

莫訝琉球小，明珠海上懸。
波平天接水，樹密鳥談玄。
傍寺榕根古，疊山礁壘妍。
漁舟浮點點，島庶自怡然。

自按：小琉球有海上明珠之稱，全島為珊瑚礁岩沖積而成。

過春榮老北投山居

十里溫泉路，潛滋訪戴心。
松江時結契，屯麓快登臨。
白也詩猶健，參乎志尚深。
襟期原不負，亹亹話灘音。

林恭祖

林恭祖（1927－），福建仙遊人，現居臺灣。臺灣大學文學士、美國世界藝術文化學院榮譽文學博士，曾獲中山文藝創作獎。臺灣故宮博物院簡任編纂退休。現為紐約四海詩社名譽社長、中華詩詞學會顧問。著有《元卓從之中州樂府音韻類編校注》、《友竹居詩稿》等。

輓雷根總統

睿智自天縱，明星為總統。世界即劇場，萬象可遙控。一怒撼風雲，一笑解冰凍。旋轉天地寬，寸心曾靈用。八載八千秋，嘉言早惕衆。天復錫遐齡，白宮誰與共。今驚聞崩殂，萬國皆雲從。桃花心木棺，南西撫而慟。雙目湧瀑泉，一滴千鈞重。脫隊大黃蜂，如訴又如送。夕陽將憩息，彩霞衣無縫。魂兮速歸來，萬機休博綜。西谷可長眠，至人無雜夢。俯瞰太平洋，長波為禱頌。

籃球之神——喬丹

球神天上來，細雨擋不住。翠樹擎蓋迎，好鳥亦呵護。隔日會球迷，高談啓妙悟。佳會九十秒，快閃走天步。

林瑞龍

林瑞龍（1941－），彰化人。臺大法律系畢業，留學日、美兩國，專攻國際法。奉職外交、經濟二部，駐外工作多年。二〇〇六年元月經濟部參事退休，踏入國學、詩學園地，夕陽無限好，何妨是黃昏。

退休感賦

宿願為學者，浮宦心難安。兩度赴遊學，無緣躋杏壇。投鞭從仕途，一誤三十載。風波實飽經，中夜幾追悔。倦鳥久思返，斂翮終歸來。學圃雖已蕪，青苗猶可栽。林泉滌靈明，經籍啓智慧。臨帖磨鈍心，賦詩以自勵。俯仰天地闊，情寄煙霞間。朝朝友鷗鷺，雲水俱悠閒。

浮生記趣

四時攜眷踏青山，陶醉煙霞俗慮刪。
品茗吟詩磨鐵硯，乘桴學海自悠閒。

姚啟甲

姚啓甲（1946－），臺北市人。曾任三千貿易股份有限公司總裁、國際扶輪社臺灣三四九〇地區年度總監。於詩則師承楊振福、陳榮弨、黃冠人諸先生，書法入吳大仁老師之門。現任「瀛社詩學會」副理事長暨「天籟吟社」副理事長。

搭地中海「蔚藍海岸」遊輪有感

蔚藍海域買輪行，萬里粼波管送迎。
麗閣斜樓添逸趣，紅簷白屋透歡聲。
風霜古堡儀型在，斑剝殘墟歲序更。
只嘆同遊盡華髮，漫歌水調惜時英。

晨山

曉穿空谷鳥初鳴，四顧重巒瑞氣橫。
樂向晨山吟古調，振衣千仞效奇英。

洪世謀

洪世謀（1948－），字嘉猷。彰化縣人。旅北營建築業，習詩於林正三老師，並隨瀛音耆宿李春榮老師學吟唱。曾任松社總幹事，現為瀛音吟社副社長、臺灣瀛社詩學會常務理事、中和太極拳協會副理事長、中和社區大學漢語詩詞吟唱班講師。

好夢

駕霧呼風義氣揚，快然載酒入西廂。
忽聞貫耳河東吼，一覺原來是夢鄉。

遠眺木柵空中纜車

貓空半日作留連，鳥語嵐光遍大千。
新建纜車橫翠嶺，心期借道九疑天。

重遊貴陽

銀翅橫空夜入黔，睽違十載此重臨。
江山依舊人文變，甲秀樓中感觸深。

洪淑珍

洪淑珍（1954－）字璧如，原任職於大同公司，後轉數學補教。先後從黃冠人、楊振福、李春榮、陳焙焜、林正三、張國裕諸先生學。二〇〇三年加入「瀛社」任總幹事，現任臺灣瀛社詩學會常務理事、乾坤詩刊古典詩詞助理編輯。

歲月

歲月潛從眼底過，年來生事幸平和。
重修儒素親文采，細閱人情判海河。
美夢難圓誠有憾，雄心尚在更如何？
三餘展讀南窗下，聖傳賢經力琢磨。

林泉逸趣

山蹊煙樹秀，散策沐清陰。
悦耳流泉響，尋源曲徑深。
境幽真適意，氣爽合高吟。
坐擁林巒趣，怡然自息心。

胡爾泰（其德）

胡其德（1951－），臺南市人。國立師範大學文學博士，法國高等研究院、德國波昂大學、荷蘭萊頓大學研究。著有《蒙古帝國初期的政教關係》、《蒙古族騰格里觀念的演變》、《元代地方的兩元統治》、《翡冷翠的秋晨》、譯有《法國文學史》等。

草山春

山前櫻樹泛紅波，山後杜鵑披綺羅。
青鳥應知遊客意，山前山後戲穿梭。

聞師大新建高樓將移老樹不禁感慨系之因占七絕五首誌之（錄二）

其二

雙檀交錯插雲深，老樹盤根通地心。
留得一枝春尚在，時來飛鳥送清音。

其三

紫氣東來近百年，枝繁葉茂欲摩天。
春邀明月秋兜雨，忍使香檀五鬼遷。

登紗帽山

峰頂臨風聽暮蟬，一盅普洱潤三田。
已看飛鳥乘雲沒，還下菁山小鎮泉。

故宅曇花開暗香浮動占得一首

小閣清香發，涼風搖皓月。
幽人夜未眠，祇恐芳菲歇。

謁八卦山佛寺

古寺幽深點佛燈，大雄寶殿老孤僧。
我今叩首連三拜，不問來生問永恆。

范月嬌

范月嬌（1940－），臺灣新竹人。畢業於淡江文理學院，日本立命館大學東洋文學思想研究所。淡江大學中文系副教授退休。著有《黃庭堅研究》、《陳師道及其詩研究》、《三蘇文選校注評析新編》、《靜齋古典詩文論叢》等。現為中華詩學研會會員。

辛巳重陽述懷

不知秋思落誰家？一片丹楓醉夕霞。
寒露嚴霜催白雁，離人孤獨向黃花。

聽友人述說往事因賦詩相贈

一粟大千萬象奇，雌雄莫辨事堪悲。
杏壇同慨斯文墜，村叟紛疑何處師？

與友登仙跡岩

丹楓如醉滿山秋，滌淨塵心共訪幽。
古廟翠微涼似水，千年仙跡石中留。

孫秀珠

孫秀珠（1964－），筆名璐西。籍浙江，出生於桃園。從事護理工作，具專技高考資格、護理師執照。於衛生署舉辦「新時代護理的精彩片刻——因為愛，所以我在」徵文競賽，以〈路〉一文獲護理組寫作類金獎。二〇〇七年始學古典詩詞，期以詩詞之美豐富我的人生。

新晴

雲收霽色入簾扉，池上芙蓉曬蝶衣。
翦翦霜風吹片葉，遙天陣雁已南飛。

九族文化村

誰造瑤臺境，魚池世外通。
山樓高摘月，雲樹翠迎風。
拾蹟明潭畔，馳懷峻岫中。
驅車不辭遠，愛此景無窮。

徐世澤

徐世澤（1929－），江蘇東台人，國防醫學院公共衛生碩士。曾任醫院主任、秘書、副院長、院長。出版中英對照《養生吟》詩集、《詩的五重奏》、《擁抱地球》、《翡翠詩帖》、《思邈詩草》及《新潮文伯》等。曾獲教育部詩教獎、現任詩人文化會副會長、乾坤詩刊社副社長。

落齒

隱痛常於未食前，搖搖欲墜又流連。
一朝別汝應垂淚，甘苦同嘗數十年。

遊酆都未遂

一生羈旅逐萍流，吟遍乾坤五大洲。
惟有鬼域行不得，最堪遊處不曾遊。

遊張家界

黃龍洞裏幻游龍，湖映鷹窩寨上松。
十里畫屏迎雅客，金鞭溪水落奇峰。

淡水雅集

半紀懸壺位列侯，騷人墨客我同流。
世間亂象無心管，囊內佳篇任意留。
逐字推敲新月出，成詩斟酌晚霞浮。
飽餐筵散分歸後，捷運車中作夢遊。

米壽感懷

年來世味薄於紗，收拾塵心學畫蛇。
落盡海棠猶好色，叫殘杜宇已無家。
三千弱水耽瓢飲，八秩衰顏傲物華。
我志未酬人不寐，起看星月正橫斜。

徐國能

徐國能（1973－）臺北市人，東海大學畢業，臺灣師大文學博士，現任職於臺灣師大國文系。曾獲聯合報文學獎、時報文學獎、教育部文學獎、臺灣文學獎、文建會大專文學獎、全國學生文學獎等。著有散文集《第九味》。

論文絕句（八首錄三）

新月彎彎照九州，濃情豔發最無儔。
今人猶弔傷心事，夢到人間四月休。

何事年來問故鄉，三更夢裡桂秋涼。
溫柔最是青燈處，憐取兒時一段香。

曾有文章海內驚，天涯回首故園情。
百年野火燒難盡，幾度春風吹又生。

張富鈞

張富鈞（1981－），花蓮人，現就讀淡江大學中文系研究所，著有《網雅吟懷》古典詩集（與李德儒等人合著）。（待補）

鷺洲泛月

群黛妝成淡北關，偶從夜色泛舟閑。
蘆花瑟瑟生江岸，明月依依入舊灣。
不見桑田易滄海，空教衰鬢老紅顏。
當年白鷺如相憶，只在漁人指點間。

大屯春色

疊巘迴環幽徑斜。嵐烟深處有人家。
青苔點點沾遊屐，粉蝶翩翩逐晚霞。
誤把泉聲疑細雨，偶從飛影認桃花。
大屯山色春如許，寄語漁人莫浪誇。

許欽南

許欽南（1941－），字位北。師大國文系畢業，任教臺北中正高中二十七年，退休後加入基隆詩學研究會，蒙邱天來、陳祖舜、陳兆康等老師指導，曾任基隆詩學會理事、瀛社副總幹事等。

遊張家界

久慕張家界，今朝喜蒞之。
山呈千壁畫，水瀉一溪詩。
有石皆成趣，無峰不出奇。
風光濃似酒，三日醉如癡。

山居樂

退休匿跡喜幽居，尋得青山可結廬。
養性琴書陳几席，怡情花竹繞庭除。
潭深倒影時開合，谷靜閒雲自卷舒。
欲寄此身唯此地，雙溪臥隱樂何如。

陳子波（荊園）

陳子波（1920－），字荊園，福建閩侯人。曾任「中華民國傳統詩學會」副理事長、「高雄縣文史學會」理事長、「鳳崗詩社」社長、「福建省詩詞學會」顧問、並獲教育部頒授「詩教獎」。曾參與纂修《高雄縣志》，著有《荊園詩存》、《荊園文集》、《詩緣》、《百梅圖咏》等。

探親行

掛席浮滄溟，臺員紛遯跡。過江中有我，名士笑如鯽。荏苒四十秋，鴻溝長阻隔。萁豆苦相煎，時局嗟如弈。癡欲叩天閽，干戈化玉帛。忽然禁令弛，神州許所適。聞訊喜若狂，踴躍各三百。頭白賦歸歟，迅即奮雙翮。閩臺衣帶水，航飛僅咫尺。側翼瞰閩江，不改舊時碧。載欣又載奔，急欲返故宅。宅朽將傾頹，梁間燕泥積。堂後雜雞塒，堂前圍豚柵。鳩工一新之，費巨不容惜。先隴莽荊榛，展拜心惻惻。負土築新塋，表阡頌祖德。置酒會親朋，情話自悅懌。我已逾古稀，自少叔與伯。童稚亦成翁，相見不相識。賙恤各有施，欣欣形於色。匝月恣流連，攬勝抒胸膈。雖思作久留，奈為勢所格。出境時難逾，限期日以迫。卅載方回家，回家竟是客。忍淚又登程，惘惘情難釋。

陳文華

陳文華（1946－），廣東梅縣人。臺灣師大文學博士。曾任臺灣師大國文系教授，現任淡江大學中文系教授。專研中國傳統詩詞，於杜詩及夢窗詞用力尤深。平日亦從事古典詩之創作，於民國八十五年獲頒文建會第二十一屆國家文藝獎古典詩創作獎。

讀夢機近詩奉呈四絕（錄三）

非唐非宋亦非清，纏疾經年詩格成。
華藻玄言兩銷盡，始知筆下是真聲。

其二

足廢心忙事臥遊，三巴雲峽五湖舟。
茫茫禹甸經行了，夢覺依然瀛海頭。

其三

螢幕能知天下事，一杯釅茗且閒看。
老夫亦有澄清志，早歲何曾壁上觀。

陳明卿

陳明卿（1927－），筆名雪滋。江西新建人。因受父母之影響，自幼喜吟詠。少從李曙山、熊炬生、高子仲等諸方家遊。來臺後，承好友溥孝華兄於其未婚妻姚兆明女士出國留學前夕，邀同拜謁乃父溥儒大師，呈詩請教，許為可造之才，乃遵其指示，勤溫經史。時在新聞報、大華晚報、自立晚報等詩欄發表詩作。復承蕭繼宗、秦孝儀、楚崧秋先生等指點迷津，得以續圖精進，未嘗稍懈。

詩興

愛詩從不作詩囚，興到詩來似水流。
寫景抒懷隨筆就，適情之外少苛求。

恆春道上

踏盡崎嶇路，悠然羨海平。
盪胸新雨霽，豁眼斷雲清。
金玉盈疇稻，家山萬里情。
神州風漸暖，何日醉燕京？

陳慶煌（冠甫）

陳慶煌（1949－），筆名陳冠甫。臺灣宜蘭人。政大中文所畢業，國家文學博士。淡大中文系專任教授、臺北大學兼任教授、中華閩南文化研究會理事長。有《左盦經學詮論》、《西廂記的戲曲藝術》、《蒹葭樓詩論》、《古典文學縱橫論》、《新嘗試集》、《斐聲集》、《心月樓詩文集》等論著數百萬言。其詩文詞曲受成康廬、盧聲伯諸名師之教，又加邃學，天資英發，風神透逸，具有靈氣，能承楚望一脈之延續而昌大之。

庚辰三二九遺懷——車過和平公園

追懷二二八，慘死半豪門。
省籍心深結，族群今復論。
人無新與舊，事有委還原。
但願常思痛，和平視此園。

金陵

層疊煙巒臥老松，金陵王氣郁葱蘢。
石城返照紅初斂，蕭寺浮嵐翠自濃。
十里江聲喧萬馬，中天月色冷千峰。
許將舊日南朝夢，化作寒山夜半鐘。

懷鄉賢郭雨新

為民喉舌膽如豹，輿論尊封郭大砲。
喜我蘭陽父老賢，議壇除弊饒成效。

觀聾女千手觀音舞蹈作

聞聲救苦大慈悲，千手觀音聽障舞。
舞出蓮華步步生，如雷掌響驚天宇。

無為而治

水流花放四時宜，天地無私萬物滋。
尊重包容民樂活，華胥夢美世堪期。

陳碧霞

陳碧霞（1947－），大學畢。歷任新埔工專講師，現職三千貿易股份有限公司董事長。詩學師承楊振福、陳榮弫、黃冠人諸先生，書法入吳大仁老師之門。曾任「臺灣瀛社詩學會」秘書長，現任台北市「天籟吟社」總幹事。

春水

柳岸新鶯鬧，苔磯水鴨馴。
夜來添幾尺，野渡草如茵。

郊居

小築奇岩里，閒居興不賒。
林中窺日月，窗裡挹雲霞。
試墨題新竹，攜筇數落花。
滿城燈火遠，絶少市聲譁。

陳麗卿

陳麗卿（1945－），臺北市人，師大國文系畢業，臺北中正高中退休。雅愛詩學，從莊世光、李春榮、林正三、張國裕學習，加入「天籟吟社」，亦參與「臺灣瀛社詩學會」，曾任出納。

芎蕉

瞥眼窗櫺分綠處，盎然生意自悠長。
搖風障日涼如許，覆鹿蘧蘧夢一場。

木棉花

紅粧酣麗日，直幹指天心。
色豔穠三月，枝高引百禽。
綻葩成俊賞，化絮費低吟。
有待春風起，重教滿上林。

曾　焜

曾焜，筆名楚痴、楚天雲，湖南寧鄉縣人。為中國（臺灣）作家協會、中華文聯會、全球漢詩學會、中華詩學研究會、中華大漢書藝協會等文藝團體會員。詩作曾獲「盛世杯」金獎、「玉潔杯」一等獎、「中國奧運冠軍嵌名詩詞」一等創作獎等。

夢中醉語

魚塘變作化龍池，滿紙胡言總費思。
天上碧桃餐幾顆，月中丹桂折多枝。
既欣南國文君曲，更愛西廂崔女詞。
猶憶酒樓逢艷客，低垂粉黛碰金卮。

壯志吟

傲笑群倫上駟驄，胸襟開朗健為雄。
登山捷步輕如燕，涉水輕軀矯似鴻。
室有藏書消日月，心無雜念凜霜風。
揮毫紙上千軍掃，漫道寒儒筆不鋒。

黃天賜

黃天賜（1939－），臺北市人，建國中學初中部畢業，少壯風月，幾毀家計，乃謀生於市井。平素好讀書，唯無師承，雖研佛理，不為佛徒，嗜莊好易，脫略自矜，有歌詠而不喜斤斧，唯其所以自樂也，乃號「無悔翁」。亦「瀛社」社員。

牝馬歌　近事有感

龍戰於野初履霜，麟甲紛飛血玄黃。君子處世防其變，或從王事知含章。陰陽不合天地閉，無譽無咎慎括囊。君不見、牝馬之貞騁無疆，順天應地道方長。又不見、亢龍有悔野龍死，群龍無首德乃昌。豈不又聞老氏柔弱勝剛強。哀哉牝馬今何傷，逢此天地空茫茫。

題王再琳草書寫蘇東坡念奴嬌詞

君筆似蘇詩，波濤起萬丈。區區尺幅間，如見千江浪。又似飛龍出，或躍在淵上。揮灑既自如，一一難名狀。但喜天地美，不言能自況。笑我懶散人，覷之神一暢。何當掛我堂，終宵坐相向。朝來任所之？竟日迎秋爽！

黃文正

黃文正，筆名紀塵、鉛筆心。二〇〇一年接觸傳統詩詞，由網路詩友教授寫作技巧，初學由格律詞入門，隔年始學近體詩。曾獲第四屆「乾坤詩獎」古典詩第二名。作品散見於各期《乾坤詩刊》及網路古典詩詞雅集、瀛社等網站。

隨筆

回首當年終一笑，多情偏戀薄情花。
相期誓語輕如夢，共枕姻緣散似沙。
不復憂愁望逝水，偶然瀟灑醉流霞。
誰言我是零丁客，鐵筆詩腸已足奢。

中秋聞訊感作

獨飲清輝已半醺，心從簡訊亂殷勤。
君惟一日曾思我，我自無時不記君。
往事層層爭忍忘，歸期杳杳付傳聞。
多情豈僅今宵有，偏為中秋瘦幾分。

黃祖蔭

黃祖蔭（1929－），字承吉，號師竹齋。江西樟樹市人。中興大學畢業，服務教育界。三十九年赴金門繪「古寧頭大捷」圖。四十年繪「母與子」圖獲選全國美展。學詩於張孟豪舅及許君武師。曾獲金爵獎及乾坤古典詩獎。著有《勞生草》及《問藝錄》等。

急難吟

能源告罄又糧荒，活計前途感渺茫。
惜物須知原惜福，超然極限俟靈光。

高雄雨災

考驗人謀在老天，麻歸己造咎他肩。
哀哉一雨開茅塞，孰是誰非立判焉。

金瓜石之戀

蒼龍飲海乃危崖，蹬道浮雲戲弄懷。

最憶廉纖零雨色，誰家潑墨巧安排。

島民心聲

望治殷殷息黨爭，休揚統獨事民生。
才為國用毋間散，力不私圖致大成。
切記多言收惡果，深期立德壯精英。
尤當睦族相依賴，志樹千秋萬世名。

觀二〇一二電影

地殼皴坍大變形，麻姑老眼幾曾經。
排山倒海真希見，末日憂天早妄聽。
世界文明將灰燼？繁華物種或凋零？
唯真則可求科學，美善駢臻未必靈。

黃廖碧華（雅子）

廖碧華（1950－），字雅子，臺中縣大雅鄉人，畢業屏東農專，曾任國中教師。早歲隨父母習詩詞吟詠，中年習古箏、古琴及國畫。退休後師承黃天賜、姚孝彥、林正三與林彥助習古文及詩詞創作。現為「臺灣瀛社詩學會」監事。

登澎湖彩虹橋

凌風直上彩虹橋，遠眺悠雲賞早潮。
覺得天低蒼海闊，虛心求進莫矜驕。

秋曉遊虎山

曙光初現虎山遊，身置層巒別樣幽。
積翠當眸生意滿，渾然忘卻已深秋。

夏樹

三伏天中日照長，萬株林木鬱蒼蒼。
珍禽棲息蟬聲遠，茗坐濃陰倍覺涼。

楊維仁

楊維仁（1966－），生於宜蘭，任教臺北市古亭國中。著有《抱樸樓吟草》，主編《大雅天籟》、《天籟元音》、《天籟吟風》等。曾獲教育部文藝創作獎、臺北文學獎、蘭陽文學獎、玉山文學獎、乾坤詩獎等。

大樹吟

奇峰立奇樹，蓊蓊蔭廣布。幹似銅柱直，根若磐石固。昂首招鶴來，參天留雲駐。壯觀聞邇遐，久矣我仰慕。長欲瞻高標，無人與引路。雄姿方英挺，何辜猝變故。霹靂裂晴空，萬鈞勃然怒。莫能禦奔雷，摧折在指顧。信是大材者，偏易受天妒。衰葉與殘枝，紛紛落無數。九死幸回生，寧非鬼神助。百折志未撓，十年拒頑痼。我亦隨紅塵，韶華荏苒度。猶自望奇峰，念念朝與暮。指引憑高人，丰儀終拜晤。軒昂如所聞，摹想果無誤。英華縱稍減，玉質未曾蠹。矯矯自臨風，仍屹最高處。

車票

車程起訖記周全，一票遙將兩地連。
片紙輕盈收指掌，前途在握不茫然。

甄寶玉

甄寶玉（1948－），生於廣東臺山，幼年移居香港。畢業臺灣師範大學，曾任中學教師。先後從簡明勇、洪澤南習詩詞吟唱，後隨黃天賜、姚孝彥、張國裕、林彥助、林正三習創作，現為「臺灣瀛社詩學會」理事，「松社」、「天籟吟社」會員。

老樹新花

大樹成陰氣勢雄，瓊英初綻滿芳叢。
不因向晚東皇棄，老幹猶深雨露功。

尋桐花不遇

去年看雪已嫌遲，今對花苞自笑痴。
晚到早來皆不得，尋芳五月只留詩。

夜遊錫口彩虹橋

亦似遊龍亦似虹，橋橫河岸氣猶雄。
多情總是斜陽後，儷影雙雙入鏡中。

劉清河

劉清河（1944－），號笠雲生。出生於臺中市。少好詩詞，受業於黃聯章、郭茂松。平時寄情於詩禪之中，主張以天地為心，以自然為法，以古人為師。二十餘年來受聘為「鄭順娘文教公益基金會」漢詩講席。著有《笠雲生詩選集》、《笠雲居閑吟集》、《綠川漢詩創作集》等。

遊萊園

玉榭林亭舊戲臺，萊園到處盡詩材。
臨風小習池邊立，迎客仙鵝划水來。

訪雪庵

為訪幽人上翠微，日晡隨伴叩煙扉。
主翁開甕豪情溢，醉至中宵始放歸。

其二

玩世情懷見本真，去來不執識前因。
知君醒醉皆隨意，八苦能超語出人。

註：雪庵主人侯澔先生自號八苦散人。

遊灘江

如詩如畫水無雙，煙雨疏林妙入窗。
船出渡頭遙放眼，一峰獨秀臥灘江。

黃山

山高始信近天都，百丈深泉客畏途。
風捲層雲松子落，飛來石上一塵無。

註：始信峰、天都峰、百丈泉、飛來石，皆黃山旅遊景點

西湖

十分景色十分殊，豈止長堤似畫圖。
柳浪風荷斷橋水，教人怎不憶西湖。

歐陽開代

歐陽開代（1935－），臺北市人，臺灣大學外文系畢業。曾任華新麗華股份有限公司執行副總、現任華新電通股份有限公司董事長。於詩則隨楊振福習創作與賞析，又隨黃冠人習吟唱，現為「臺灣瀛社詩學會」理事，「天籟吟社」理事長。

重遊羅馬

壯年羅馬縱遊觀，世務羈身盡興難。
白髮重來無箇事，諸多古蹟飽相看。

偶感

蓬島山川秀，穹蒼未見憐。
時時環綠水，處處噴紅煙。
私重於公恥，名輕以利先。
惟期民智長，他日舉良賢。

蔣孟樑

蔣孟樑（1936－），號夢龍。生於基隆，原籍福建惠安。師承羅鶴泉夫子，精研文史，書宗澹廬，並追隨名詩人周植夫習詩學凡二十載，故工詩善書。歷任基隆詩學研究會理事長，基隆書道會理事長，澹廬書會副會長，中華民國傳統詩學會副理事長等。

敦煌石窟

迢迢絲路訪敦煌，石窟千年瑰寶藏。
領略隋唐興聖教，萬尊佛像發光芒。

登黃山遇雨

茫茫煙雨上黃山，松壑崎嶇舉步艱。
不見黃山真面目，只因雲霧罩仙寰。

十里畫廊

列岫如屏聳碧空，華胥移入畫圖中。
長廊一幅誇仙境，拈筆長歎造化工。

蔡厚示

蔡厚示（1928－），筆名文特，江西南昌人，一九九〇年加入中國作家協會，現任中華詩詞學會顧問、福建旅遊學會名譽會長等。著有《文藝學引論》等作品，曾獲福建省第一屆社科優秀成果獎等獎項。

寧海行吟

瀑聲樹色惹深思，沉醉山風不自持。
最是浙東寧海地，葱龍慰我暮年時。

初訪內蒙古興安盟烏蘭浩特市

雲白天藍遠絶塵，烏蘭浩特暑如春。
松楓樺柳周遭碧，羨殺南來賞翠人。

赴扎蘭屯途中

平疇遠阜接藍天，白舍紅樓繞牧田。
楊樹林間牛戲水，橋坍路轉向塘沿。

蔡鼎新

蔡鼎新（1920－），籍福州，別署晚學齋主，由公職而市隱。詩文聯書法，稱重於時，歷次個展，深獲藝文界肯定。現任八閩美術會、甲辰詩書畫會會長、中華詩學研究委員。著有《晚學齋隨筆》、《晚學齋詩稿》、《晚學齋類稿》等。

獻與老人廿二句

老人有通病，大多愛逞強。自詡體力壯，有時也抓狂。瀟灑不扶杖，健步走四方。厥詞常大放，到處顯所長。罵座裝老大，倚老話滄桑。報國充好漢，百戰歷沙場。揎袖彈痕露，卸衣肢體傷。好說當年勇，豪氣尚激昂。善啖誇鐵胃，健談半狹張。老人多寂寞，何妨學郎當。但能開口笑，如是即健康。

趙榮譽理事長諒公千古

老年成德一詩家，經濟諮謀績孔嘉。
早歲盱衡關國貿，積時紡拓著風華。
平心論事欽無地，青眼看人澤有加。
享壽百齡歸上界，瞻懷遺範共興嗟。

鄭中中

鄭中中（1959－），實踐大學服裝設計系畢業，從事內銷中國與臺灣的自創品牌的服裝經營。喜歡美的事物，更喜歡在工作忙碌之餘，沉浸在古典詩詞的懷抱裡！喜歡的話是認真的女人最美，勇敢的女人更美。

忘時

平生半斗未能齊，偏好搜腸苦就題。
才寫星光照無夢，居然一句到雞啼。

不即

繞弦舊事帶春傷，欲罷還聽夜正長。
豈必人生盡如意，留些轉折付詩腸。

秋雨

本是開窗待月明，誰人放箭亂初更？
氣來撒字催成網，捕得一簾秋雨聲。

鄧傳叔

鄧傳叔（1927－），字悟百，號馥苑，民國十六年生，湖北省江陵縣人。行政學校畢業，服務兵工工業及鋼鐵界四十餘年。編著有《管理叢談》、《唐榮五十年》、《蒿里辭》、《平仄兩讀字彙》、《馥苑吟草》、《馥苑賸稿》等。

荷塘風夕

驕颷聲勢減，雨歇夜猶長。
宿鳥驚初定，鳴蛙響漸昂。
風搖荷墮淚，雲破月窺塘。
冀為芳菲惜，明朝有艷陽。

重訪南京

一別金陵五八年，名城重到感茫然。
駒陰漫訝駸駸往，鴻跡猶煩細細鐫。
朱雀故人多宿草，白門舊屋早荒煙。
跨江橋上遙望處，萬頃秋波漠漠天。

謝輝煌

謝輝煌（1931－），江西安福人。初中畢業。曾任臺長、幕僚、專員、編輯等職。現為中國文藝協會、中華民國新詩學會等會員，暨三月詩會同仁。曾出席第二屆及第十五屆世界詩人大會。作品有散文、新詩、傳統詩、時論、詩論及詩歌賞析，散見兩岸三地及新加坡等地報刊。出版有散文集《飛躍的晌午》。

放天燈

銀河兩岸少春光，玉女金童月色涼。
最是人間情意好，天燈送暖夜未央。

花市

花開四季滿街香，瓦缽無言彩蝶忙。
借問群芳誰最美？紅藍橘綠費評章。

初上法鼓山——兼悼聖嚴法師

萬里奔雲歸大海，金山臥石見如來。
蓮花失土根猶在，法鼓無聲葉自開。

顏崑陽

顏崑陽（1948－），台灣嘉義人，台灣師範大學國文研究所博士。曾任東華大學中文學系教授兼人文學院院長，現任淡江大學中文學系教授。曾獲中興文藝古典詩創作獎章、中國文藝散文創作獎章。著有《顏崑陽古典詩集》、《秋風之外》、《小飯桶與小飯囚》及《龍欣之死》等。

移家花蓮憶台北故居
（五首錄三）

其二

文山曾卜宅，久厭作浮游。
切水因憐碧，依山想得幽。
書多月窺讀，吟暢鳥知酬。
何事難終老？寒波更遠流。

其四

多士風雲地，競求鼎食家。
生兒縱愚魯，干祿有軒車。
臨事空梁鼠，爭名老樹鴉。
由來王謝子，不見夕陽斜。

其五

古作分庭禮，今猶貨殖先。
有門皆是店，無士不求錢。
醉醒酒德頌，龍蛇山木篇。
高城已天外，風月滿平川。

牟宗燦校長創建東華大學于草萊間功竟而退臨別為賦一律

牟公才可鎮三臺，創業真能辟草萊。
璜宇如雲平地起，陽春作色向東來。
已從經濟憐衰世，更藉斧斤掄俊材。
功竟不居揮手去，一園桃李傍人開。

花蓮港颱風日觀濤

天陲騰萬馬，戈壁捲狂沙。噫吁戲！細看千層浪，相推作雪花。衝岸沛乎莫能禦，強軍壓境齊擂鼓！有濤有濤如山起，排空直欲入雲裡。霍然山崩木石飛，挾風射眸如千弩！

饒漢濱

饒漢濱，籍隸福建上杭。高中畢業投軍來台。後考入臺灣師大國專科，承藥樓授詩選及習作。畢業分發台中任教國文，退休後寫詩漸多，曾獲大墩文學獎，教育部文藝創作獎。主編《杭川旅台風雅集》，副編《中華楚騷吟刊》，著有《詩文寶島情》。

愛情島吟

台南柳營江南村，赫然竟有愛情島。香格里拉現眼前，乍聞怎不為絕倒。且登畫舫泛碧波，髻巒綠樹輕煙遶。導遊遙指一孤嶼，灌木橫斜遍野草。移船相近覽無遺，但見雙猴正嬉鬧。驚覺吾人指點頻，轉睛炯然怨相擾。旁襯黃花並秋芒，淺笑搖風多倩巧。幾席荒蕪若天堂，人間當世何處找。

嗟乎！靈山奚往西方尋，反求此心方正道。濁世女男迷色聲，誰解真情遠煩惱。此地合與獮猴居，相惜相憐天地老。

綠島過山古道

紫花青草蝶雙飛，石磴如梯接翠微。
暫憩方亭回首望，狂濤雪浪捲魚磯。

乾坤詩選（2002-2011）

乾坤詩刊十五週年詩選

烙印的年痕

林煥彰、林正三、許赫 / 主編

感恩・包容・永續

——《乾坤》十五週年詩選《烙印的年痕》序

林煥彰

一

因為愛詩，我們誠誠懇懇為詩做事；也為喜歡寫詩、讀詩的文友們服務，我們不自量力，做我們該做的事。《乾坤》創刊已屆滿十五周年，按期出滿六十期；在創刊五周年的時候，本刊創辦人兼總編輯藍雲先生親自編印第一本「乾坤詩選」，書名叫《拼貼的版圖》；十周年的時候，我們應該援例續編第二本「乾坤詩選」，但囿於人力、財力所限，我們只能傾全力去完成編印一套同仁個人自費出版的詩集，一次推出十四位同仁各一冊，列為「乾坤詩叢」，在十周年紀念會上，贈送給與會詩人、貴賓，每人各一套，算是表達我們誠摯感謝大家長期的支持和鼓勵；也藉機會向大家討教，以期能有更多機會給我們督促，也自我砥勵。

現在，又一個五年過去了！我們克服諸多困難，決議出版紀念創刊十五周年的第二詩選集，取名為《烙印的年痕》，希望藉此機會，呈現本世紀第一個十年在《乾坤》詩刊（21至60期）所刊載的作品，包括古典詩詞和現代詩的優秀作品，進行整理，選出眾多詩人創作的結晶，和愛詩人分享，為詩壇提供一份不同編選觀點的詩選集，讓有志詩學研究者作為參考。

二

《乾坤》詩刊創刊於1997年 1 月，在第1期「創刊號」（1997年春季號）上，創辦人藍雲先生以「代發刊詞」明確宣示「乾坤詩刊信條」十條，提出：

一、我們尊重各種流派，因為那是詩人創作的自由。
二、我們反對一切流派，因為那會侷限創作的空間。
三、我們接納所有流派的作品，樂見乾坤中百花齊放。
四、我們認為詩只有好壞的分別，沒有新舊的差異。……
五、我們喜歡現代（新）詩，也欣賞傳統（舊）詩；兩者各有其特色與優點，可以相輔相成，不必互相排斥。……
六、我們不是形式主義者，不側重某一種形式的提倡。……
七、我們重視詩的內容，但也深知：詩是一種藝術，自應有其美學的要求。
八、……
九、……
十、……

這十條「信條」，在《乾坤》創刊十五年來，儘管負責編務的同仁曾有數度更易，也不分古典詩卷或現代詩卷主編，我們始終都秉持創辦人創刊時所提出的理念，所以我們能夠真正做到「乾坤中百花齊放」的盛況；前五年的第一本「乾坤詩選」——《拼貼的版圖》，所收納的作品如此，第六年至第十五年所編選的這第二本「乾坤詩選」——《烙印的年痕》，

也不僅如此，還更見繁茂豐碩。

本詩選計分「古典詩卷」和「現代詩卷」兩卷；「現代詩卷」又另分三輯；由於《乾坤詩刊》第二任總編輯須文蔚教授，自第25期接編之後，從第29期起，增闢「名家手稿」專欄，讓我們在電子媒介全球化的大趨勢之中，得具有先見之明，為眾多詩人在詩刊上保存一份看得見的珍貴手稿。因此，在這本詩選中，我們特別將第29期至60期所刊載的名家手稿，以「珍貴手稿」列為「現代詩卷」的第一輯。第二輯為「乾坤詩獎作品」專輯；《乾坤詩刊》創刊十五年，至目前為止，我們竭盡棉力，共舉辦三屆屬全球性的華文詩（含古典與現代）徵詩活動；第一屆的得獎作品，已收入第一本「乾坤詩選」——《拼貼的版圖》中，本集第二輯所收錄的是第二屆和第三屆的得獎作品，包括每屆一二三名和佳作，都是我們相當珍惜的詩篇。第三輯名為「世紀之初」，所選作品，是自本刊2002年春季號至2011年冬季號為止，也即第21期至60期，共十年四十期；這十年也正是本二十一世紀的第一個十年，作為台灣現代詩刊而又兼具保存傳統詩、包容並蓄的推廣古典詩詞的創作，我們有幸能夠秉持創辦人、詩人藍雲先生創刊的理念，將這十年所刊載的近千首古典詩詞中選出近兩百首代表作品，首先我們得感謝每位詩人能不計酬勞，讓我們得有機會選載借重，使這本詩選能為時代留下更多珍貴的詩篇。

當然，由於我們人力、財力和能力的不足，這本詩選集必然會有不少缺失，容我們在此彎腰鞠躬，懇求大家包涵和諒解。好在我們《乾坤詩刊》在前年獲得與國家圖書館合作之後，早已完成數位化典藏工作；凡在本刊發表的作品，都可以有機會上網查閱，也即等於永久典藏。

三

作為一個喜歡詩的寫作者，作為一份傳播詩篇的詩刊，我們得由衷感念老祖宗為我們傳下寫詩這種清高的「行業」；《乾坤詩刊》的創刊以及宗旨，是值得肯定的，惟一比較薄弱的是，成員的體質，尤其年齡偏高、衝勁有限，與當前台灣詩壇所有詩刊相較，我們明顯的存在著滿大的挑戰，但望我們都能夠本著愛詩的一份子，堅持永續耕耘這方墾拓不易的詩園地，希望將來《乾坤詩刊》的掌舵者，能發揮更多才華和更大的毅力，除了更充實詩刊的內容並按期出版，再於每五年編印一本「乾坤詩選」，為詩人做出更大的服務，也為台灣現代詩史留下更多輝煌珍貴的史料；這是作為編者，個人最大的祈望。

（2011.12.18　午後・研究苑）

目次

第三輯　世紀之初

第一輯

珍貴手稿

歲月

丁文智

一綫千山萬水
把自己淘洗成一把清瘦

再多的想望
再多的
心熱如火

究能
變出幾許
青青子衿式之香甜

供作這歲月老饕
做鍋裡盡般之攫食

丁文智，山東諸城人，1930年生。省立青島臨時師範畢。作品包括詩、散文及小說。出版有長、中、短篇小說《記得當時年紀小》等十餘部。詩集有《葉子與茶如是說》、《能停一停嗎，我說時間》、《花也不全然開在春季》等多部。早年曾加盟紀法的〈現代派〉。現為《乾坤》詩社同仁；《創世紀》詩社社長。

美人圖

大蒙

悄悄
把一枚髮簪折斷
有人專覓襲擊她的寧靜
梳妝於啜飲無糖的紅茶
是誰呼叫她的小名
寂寞 出其不意被偷吻
燒盡了夕陽
也不要月光
她貼著夢境的入口
不肯面朝黎明的方向

沐浴後
用乳液修復細小的皺紋
再三歷數誤卻的花期
一過頭 便不好回身
最痛恨
莫過於無所不在的眼睛
而面容不得不驕傲
冷冷聽著心中的喊叫
今夜 按摩曾經痛過的部份
玫瑰倚著瓶中的孤挺
而她嚶嚶的哭泣

大　蒙，本名王英生，浙江義烏人，1948年生。現為《乾坤詩刊》社務委員，負責封面設計。詩作除文本創作外，亦嘗試圖像詩、影像詩、動畫詩和裝置詩等實驗；曾獲中國時報文學獎新詩評審獎、中華民國新詩學會優秀青年詩人獎等。著有新詩《無端集》。

如果沒有此河

尹玲

如何追唱難再的似水年華
今日烏絲已是白髮

如何懷擁那份已隨風逝
曾存在過的戀情如此彷彿

如何啜飲双眸滿溢之愛
當你此刻已入土深埋

如何清洗心底積痛沉哀
可知我眼已乾涸成災

如何凝視永遠西流
從未回頭的絕情河水

如何佇立蜜哈波橋上憶索
如果沒有此河

尹　玲，本名何尹玲，又名何金蘭，廣東大埔人，出生於越南美拖。國立台灣大學中國文學國家博士，法國巴黎第七大學文學博士，目前為淡江大學中文系、法文系、亞洲研究所教授。著有詩集：《當夜綻放如花》、《一隻白鴿飛過》、《旋轉木馬》、《髮或背叛之河》；專著《文學社會學》、《法國文學理論與實踐》；翻譯法國小說《薩伊在地鐵上》、《法蘭西遺囑》、《不情願的證人》及許多法國詩，亦中譯多篇越南短篇與越南詩。

終末

方明

有一縷淡淡的哀愁
自山色水光逼近
匯匯充滿驚悸的邂逅
然後被纏綿的歲月整理成
戛然停止的節奏

最苦熟悉的面違
清晰如鏡裡影子
觸摸時只會沾上塵埃
以及令人無法跨越咫尺
那種心痛的距離

縫合傷口
同時縫合逐漸僵硬與倖存的心
沿著生命的終末燃燒

方　明，廣東番禺人，1954年生，畢業於台灣大學經濟系，文學碩士、巴黎大學經貿研究所，榮譽文學博士。曾任台大現代詩社社長。獲兩屆台大散文獎及新詩獎、全國大專散文獎、創世紀詩刊50周年榮譽詩獎、文協2005年度五四文藝獎章等。香港大學首展台灣個人詩作，為期一個月。著有詩集《病瘦的月》、《瀟灑江湖》、《生命是悲歡相連的鐵軌》、《歲月無信》（韓文版，金尚浩譯）等。

重讀朱自清〈荷塘月色〉有感

方群

「這幾天心裡頗不寧靜」
行過沾滿月色的荷塘
「甚麼都可以想，甚麼都可以不想」
穿梭在寧靜與否的辯證小徑
「這是獨處的妙處」
連貫著無窮的循環譬喻
「我且受用這無邊的荷香月色好了」
於是，就如此撿拾起蟬聲與蛙聲
「但熱鬧是它們的，我什麼也沒有」

方　群，本名林于弘，1966年生，臺北市人，臺灣師範大學國文研究所博士，臺北教育大學語文與創作學系教授。曾獲聯合報與時報等文學獎。著有詩集：《進化原理》、《文明併發症》、《航行，在詩的海域》及《縱橫福爾摩沙》。

天涯海角

彷佛孫悟空一個筋斗翻过来
呀！這是什么地方？
如来佛的石指上写着：
天涯！海角！

我在沙土上打了一个滚
天呀，海呀
都叠到了我的身上
熱死我也！

此間熱，不可久留
此間乐，乐不思蜀
其实我是想把这灸手的记憶
趁热背回成都

2011年1月写于成都祥和里沐虚斋

木　斧（楊莆），四川成都人，四川文藝出版社編審、離休幹部。1994年正式發表作品，著有《木斧詩選》等著作十六種。五十多年來作品先後收入《中國新文學大系》、《中國現代編典詩庫》等一百多種叢書。

擦肩緣生

王憲陽

與人擦肩而過
緣生剎那
竟然相同地球
　　相同陽光
　　相同空氣
　　相同過客
接著緣滅

—99.3.14.抄寫。

王憲陽，1941年生，臺灣大學中文系畢業。歷任歸仁國小、延平中學教師，曾編《海洋詩刊》、《藍星詩刊》。創作文類以詩為主，兼及散文。早期寫詩，心情有如「走索者」，題材多與生活有關，敏感而細膩；近期作品則帶有禪意，在靜慮的審美情趣上有所體悟，使字裡行間具有無限詩意。曾獲中國文藝協會詩歌創作獎等獎項。

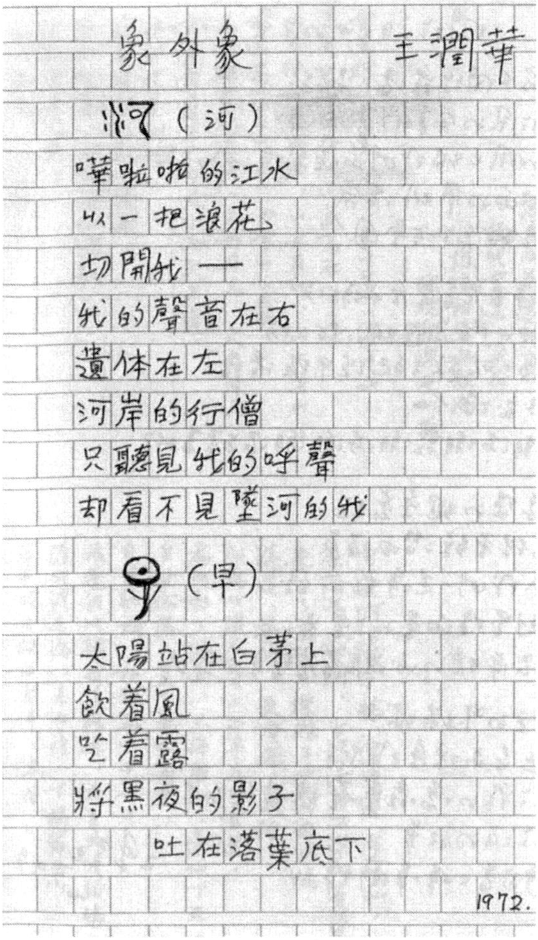

象外象　王潤華

（河）

嘩啦啦的江水
以一把浪花
切開我——
我的聲音在右
遺体在左
河岸的行僧
只聽見我的呼聲
却看不見墜河的我

（早）

太陽站在白茅上
飲着風
吃着露
將黑夜的影子
　　吐在落葉底下

1972.

王潤華，馬來西亞出生，現為新加坡人。美國威斯康辛大學文學博士，曾任新加坡作協主席及新加坡國立大學中文系教授兼主任、元智大學人文學院院長兼中語系主任及應中系主任，現任元智大學人文學院院聘教授兼國際語文中心主任，為著名學者、詩人及散文家，已出版詩集：《內外集》、《熱雨林與殖民地》、《王潤華精選集》、《榴槤的滋味》、《把黑夜帶回家》和散文《重返集》；學術著作有《司空圖新論》等十餘種。

黑白之間

——金門碉堡藝術節張永和〈一分為二〉

白靈

黑黑黑黑黑黑黑黑黑黑黑黑黑黑黑黑黑黑
黑黑黑黑黑黑黑黑黑黑黑黑黑黑黑黑黑黑
黑黑黑黑黑黑黑黑黑黑黑黑黑黑黑黑黑黑
黑黑黑黑黑黑黑黑黑黑黑黑黑黑黑黑黑黑
黑黑黑黑黑黑黑黑黑黑黑黑黑黑黑黑黑黑
黑黑黑黑黑黑黑黑黑黑黑黑黑黑黑黑黑黑
金門人伸出舌尖在黑白兩界的刀峰上舔自己的歲月
白白白白白白白白白白白白白白白白白白
白白白白白白白白白白白白白白白白白白
白白白白白白白白白白白白白白白白白白
白白白白白白白白白白白白白白白白白白
白白白白白白白白白白白白白白白白白白
白白白白白白白白白白白白白白白白白白

白　靈，1951年生。美國新澤西州史蒂文斯理工學院碩士，現任台北科技大學副教授。曾獲中山文藝獎、國家文藝獎等十餘種獎項。出版有詩集《五行詩及其手稿》等十種，詩論集五種，及童詩集兩冊，散文集三冊等。建置有白靈文學船等九種網頁（http://www.cc.ntut.edu.tw/~thchuang/index2.htm）。

不見

向明

妙功說：心還很空曠
淨與不淨
不過是高浪平波一線間
真是奇妙
她那一頭青絲
便這樣一念之間，不見

向　明，本名董平，軍事學校畢業，曾任藍星詩刊主編、中華日副刊編輯、台灣詩學季刊社社長、新詩學會理事。獲優秀青年詩人獎、文協文藝獎章、中山文藝獎、國家文藝獎等。出版有詩集、詩話集、自選集、論述……等多種。

奔馳的驛站

朵思

1、

微笑濺上一點點溫雨
那是個待猜忖的謎題
那是骨灰在火中失去溫度與聲的呼吸
我捧着消逝的歲月
渡過海的背鰭、陽光萎弱的芒刺
沿着變色的秋葉向長長的冬季奔去
讓老去的聲音
再一次呼喚天空
我耽溺在宇宙的肩膀，想你

2、

在火中，忘記激情燒到的火候
猶似在天体營中忘記自己的身体
沿着廟簷前進的影像
奔馳在一個驛站又一個驛站的車廂
每個車廂都裝載形形色色
超重的記憶

朵　思，本名周翠卿，嘉義市人，1939年生，50年代開始詩創作，先后出版8本詩集，另有長短篇小說及散文集5部，現仍從事詩創作。

冰姑雪姨

余光中

——怀念冰家的兩位美人

冰姑你不要再哭了
再哭，海就要滿了
北極熊就沒有家了
許多港就要淹了
許多島就要沉了
不要再哭了，冰姑

以前怪你太冷酷了
可遠望，不可以親暱
都說你是冰美人哪
患了自戀的潔癖
矜持得從不心軟
不料你一哭就化了

雪姨你不要再逃了
再逃，就怕真失蹤了
一年年音信都稀了
就見面也会認生了
变瘦了，又匆匆走了
不要再逃了，雪姨

以前該數你最美了
降落时那麽從容
比雨阿姨輕盈多了
潔白的芭蕾舞鞋啊
紛紛旋轉在虛空
像一首童歌，像夢

不要再哭了，冰姑
鎖好你純潔的冰庫
關緊你透明的冰樓
守住兩極的冰宮吧
把新鮮的世界保住
不要再哭了，冰姑

不要再躲了，雪姨
小雪之後是大雪
漫天而降吧，雪姨
曆書等你來兌現
來吧，親我仰起的臉
不要再躲了，雪姨

——2007.9.11

余光中，1928年生於南京。1952年台灣大學外文系畢業，1959年愛奧華（Iowa）大學藝術碩士。曾任台灣師範大學、政治大學、香港中文大學教授，中山大學文學院院長及外國文學研究所所長。退休後受聘為國立中山大學光華講座教授。兩岸三地已出版各類專著與選集逾七十種。曾獲國家文藝獎、吳三連散文獎、吳魯芹散文獎、霍英東成就獎、台大傑出校友獎、中華當代詩魂金獎、首屆全球華文文學星雲獎等二十餘項獎項。

情書

李進文

生命中無法擺脫的憂傷，
下定決心照顧好它。——這是九月：
江湖褪下一片乾淨的夜，
大草原靜坐，坐得天空低著頭。

郵件飛行
在掌心與錯過的名字之間……
郵戳線，隱約吻上小臉
彷彿午寐涼蓆的竹篾；微風將整個想念
吹到無人島，

李進文，臺灣高雄人。著有詩集《一枚西班牙錢幣的自助旅行》、《長得像夏卡爾的光》、《除了野薑花，沒人在家》、《靜到突然》等；散文集《如果MSN是詩，E-mail是散文》，以及圖文詩集《油菜花寫信》、動畫童詩繪本《騎鵝歷險記》、美術詩集《詩與藝的邂逅》等。

候鳥　辛牧

除了

飛

還是

飛

肚子还沒填飽

氣候又变了

辛　牧，1943年生，宜蘭羅東人。60年代開始創作並在雜誌、詩刊發表詩作。曾獲「優青年詩人獎」及「文藝獎章，文藝創作獎」。目前擔任《創世紀詩雜誌》主編。已出版詩集：《散落的樹羽》、《辛牧詩選》。

和南寺聯想（續篇） 辛鬱

一、

仲秋方過
天空高亮而寒澈
他登上觀音塑前
看 風雨無情
掃落眾樹的綠意
山徑上片片青苔
也一一褪色

而觀音依然自在

二、

舉目讀海
讀浪濤的轉折
讀一漁舟的默游
讀陽光層層爆放
再讀風動後眾樹易容
他不能不想
蒼冥的無窮之變

而山寺肅穆
不為這一切虛幻所動

辛　鬱，本名宓世森，浙江人，1950年6月6日來台，在軍中成長並學習寫作，從軍21年11個月，寫作60餘年，出版有詩集《豹》、《在那張冷臉背後》、《罔海忘死》、《演出的我》、《辛鬱世紀詩選》等七種。小說集《未終曲》、《不是駝鳥》、《龍變》、《我給那白癡一塊錢》等七種。為《科學月刊》務40餘年。

撿骨　雨弦

幾斤幾兩

你還計較什麼呢

雨　弦，本名張忠進，1949年生於嘉義，義守大學管理學碩士。曾任高雄市殯葬管理所所長、仁愛之家主任、廣播電台台長，現任國立台灣文學館副館長。曾獲全國優秀青年詩人獎、詩運獎、國際桂冠詩人協會獎等。著有《夫妻樹》、《母親的手》、《影子》、《籠中無鳥》、《出境》、《蘋果之傷》、《雨弦詩選》和詩畫集兩種；最新詩集有《機上的一夜》（中英對照）及《用這樣的距離讀你》和《生命的窗口》（中日對照）。

一隻螢火蟲，將世界
從黑海裏撈起——
只要眼前有螢火蟲半隻，我你
就沒有痛哭和自縊的權利

右四句偈
公元二〇〇七年元旦
周夢蝶錄舊作

周夢蝶，本名周起述，1920年出生於河南淅川。年輕時跟隨國軍來臺，1955年7月，以中士軍銜退伍。曾在台北市武昌街明星咖啡屋騎樓擺書攤，長達21年。1959年，出版第一本詩集《孤獨國》，奠定他在詩壇的地位，並於1999年被選為「台灣文學經典」。2002年，出版《約會》、《十三朵白菊花》，是他融合了詩學與禪學，向山水問情，和靜物約會，在佛經裡找智慧，塑造出獨特的、似有情又絕情的意境；榮獲第一屆國家文藝獎。

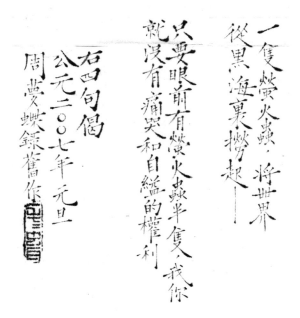

《我的詩》

汪啓疆

我的詩
那裡入世了？
根本就活在世界裡
自己想、自己走。
世界的悲喜疼痛中、薊一般
揹住自己的悲喜疼痛
或是蛾、或是一根純綠的枕頭。
愛火焰，愛你枕住的我的死亡。

汪啓疆，海軍退伍軍官，基督徒，現在是海洋在土地曬乾的一粒鹽。喜愛工作、生活、閱讀和寫接觸撞傷胸口的事物。希望自己還能一直成長，近年出版《台灣，用詩拍攝》及《哀慟有時，跳舞有時》兩本詩集。

‧在旅途

林文義

車過濕雨丘陵，霧茫自攤開
淋漓的綠樹緊紮於一片紅土地
土地是堅實於被雨之陰霾微傷的慰安
而那紅，是我初老仍有微溫的愛。

妳所叮囑，不止是一盒暖暖的鐵路便當
我在離妳漸行漸遠的南下旅途想念
滷蛋雖硬，排骨有些老，米飯卻柔潤如妳
殷殷撫愛著孤獨且被雨淋濕的低陷。

前座的嬰兒哭了，我卻因那無邪的純淨
面對車窗笑出疼惜；哭泣真的離我遠矣
也許異想著妳會在某個車站搭乘北上列車
與我交會而過，隔著月台彼此以唇語示愛。

（2004年8月21日凌晨于府城旅店）

林文義，1953年出於台灣台北市。18歲寫文，48歲撰小說，53歲習新詩。曾任自立晚報副刊主編。著有散文集：《遺事八帖》、《歡愛》等38冊。小說集：《革命家的夜間生活》、《藍眼睛》等6冊。詩集：《旅人與戀人》1冊。主編《96年散文選》。

稻草人　林仙龍

主人，你編造了我
我是你的化身嗎？

站在金黃色的稻浪裡
我是多麼威風凜凜
成群成群的麻雀
牠們議論牠們張望
牠們也有滿腹的辛酸
我一向心安理得。我從來面不改色
主人，我已經習於虛張聲勢

我無言無語我不曾有過算計
我披星戴月也有淒風苦雨
我沒有農保健保
我沒有老農津貼
張開雙手。我實在不懂
除了稻草人這個名字

主人，我是你的化身嗎？
收割的日子剛剛開始
收割的日子剛剛結束
你為什麼拋棄了我主人？

林仙龍，1949年生。鹽分地代詩人。曾主編《南縣青年》。作品獲選編入國小、國中、高中補助教材及各種選集，並獲全國優秀青年詩人獎、國軍文藝金像獎、國軍英雄等三十餘種獎項。現任高雄市文藝協會理事長、高雄市兒童文學學會常務監事等。著有詩集《每一棵樹都長高》、散文集《背後的腳印》、童詩集《風箏要回家》等九種。

我在，什么都在

/林焕彰

鸟在，鸟声中；
水在，水声裡；
树在，树林中；
我在，我心裡；

*

宇宙在，日月星辰
運轉不息……

2007.8.19上午.研究苑

林煥彰，1939年生，宜蘭人。永不退休的詩人。在國內外提倡六行以內小詩寫作。2008年擔任首任香港大學駐校作家、溫世仁文教基金會「書相滿校園・閱讀寫作」巡迴講師等。2006年離開職場後，自稱在「週遊列國」，經常遊走國內外講學。

有希望的早晨

不管天氣預報員怎麼說
這是個有希望的早晨

我已經看到
此呼彼應的尖銳鳥鳴
在漆黑的天空上
劃出一道道
長長短短粗粗細細的弧線
透露天光

非馬
2009年9月

非　馬，原名馬為義，威斯康辛大學核工博士，在美國從事能源研究工作多年。著有中英文詩集十七種，散文集二種及譯著多種。主編《朦朧詩選》、《台灣現代詩選》等。曾任曾國伊利諾州詩人協會會長。近年並從事繪畫與雕塑，在芝加哥及北京舉辦過多次個展與合展。

住在衣服裡的女人
——戲擬陳義芝

孟樊

妳渴望我覆蓋，風一般輕輕壓著妳
以我細緻如蟬翼貼身的夜衣
或彷彿就是妳自身的肌膚

牛仔褲是流行的白話
寫著桀傲不遜的抵抗話語
春天一呼喚，我絲質的襯衫就秀出妳
兩朵粉色的花苞給如夢的人去看

迷你裙有現代的文法
銘刻著激昂頌歌的短章
夏天一吶喊，我網狀的長筒襪就展露妳
兩隻纖長的秀腿逃逗宅男的慾望

開叉裙像古典的文法
書有一闕長篇的祈禱詞
秋天一長嘆，我妖嬈的旗袍就擺出妳
一身玲瓏的曲線吸引熟男的目光

貂皮大衣如聖經紙印的字典
緊密又紮實如妳奧秘的身体
冬天一呼氣，渴望我套頸的圓領衫
埋入妳豐厚的胸脯，陷身桃花源

妳渴望穿我，當披肩滑落勢如閃电

百褶裙像黃金的穀倉微妙擺動
寬鬆衣襬下如波浪般搖蕩
一組猶待破解的傳訊密碼

多像一隻遠遁人煙之外
卻眷戀著人世的狐
妳竟是我遺失的那根肋骨
或者我僅是黏附妳身的一塊肉
降謫於床第，化身成一條天譴的蛇

空氣在摩擦，日光在接吻
妳我相依相偎，水乳交融
妳刺探衣服的密碼
我專攻身体的誘惑
例如鈕扣鬆脫拉鍊滑墜
以及那分分秒秒念著
521521……心照不宣的咒語

孟　樊，本名陳俊榮，台灣大學法學博士，現為國立台北教育大學語文與創作系副教授。早期曾於傳播界任職，並於多所大學文學系所任教。著有詩集《S.L.與寶藍色筆記》、《旅遊寫真》、《戲擬詩》以及詩論著、文化評論等三十多部。詩作多次入選兩岸各大詩選。

老式情歌

洪淑苓
2010.3.12 抄

搖曳的珊瑚
海洋的私語
我喜歡老式情歌
目光是唯一的搜尋
靜靜讀你

潛移的貝殼
沙灘的嘆息
我喜歡老式情歌
散步時不曾交談
只有心跳的旋律

穿梭的小魚
輕捻的唇印
我喜歡老式情歌
玫瑰花代表
我愛你

～1997.6.現代詩季刊發表

洪淑苓，台北市人。現任台灣大學教授。著有詩集《合婚》、《預約的幸福》；散文集《深情記事》、《傳鐘下的歌唱》、《扛一棵樹回家》、《誰寵我，像十七歲的女生》；評論集《現代詩新版圖》、《20世紀文學大家：徐志摩》等。

金龍禪寺

晚鐘
是遊客下山的小路
羊齒植物
沿著白色的石階
一路嚼了下來

如果此處降雪

而只見
一隻驚起的灰蟬
把山中的燈火
一盞盞地
點燃

洛夫

洛　夫，姓莫，1928年生於湖南衡陽。洛夫和瘂弦、張默是創世紀詩社的創辦人。在詩創作上有「詩魔」之稱，最新出版的洛夫禪詩精選集，名為《禪魔共舞》（秀威）。中年之後鑽研書法，風格靈動，境界高遠，對行草特別精通，曾多次應邀在海峽兩岸和菲、馬、溫哥華、紐約等地展出。

No.

紀弦曰：他喝了酒，吃了肉，
甚至於還嫖了妓，在城裏。
那是脫掉僧服，換穿便裝，
還戴上一頂小帽之後幹了的。

別大驚小怪了，你們！
因為他也是一个人。
一个和愈韓一樣，
和賈島一樣，
和你我一樣的
男人。

（二千〇四年十二月作品）

台北文協印刷文具公司印製

(24×25)

紀　弦，本名路逾，1913年生，江蘇揚州人。十六歲開始寫詩，1953年在台灣創辦《現代詩》季刊，掀起新詩界的革命，並於1956年組成「現代派」，主張以現代主義的藝術手法創作現代詩，影響台灣戰後詩壇至為深遠。1977年移居美國後，仍創作不輟，是「詩壇的常青樹」。1981年，出席舊金山第五屆「世界詩人大會」，榮獲「世界文化藝術學院」贈予榮譽文學博士學位。他的詩具有強烈個人色彩及豐沛的情感與生命等特質，展現特殊的個人風格。《紀弦回憶錄》已由聯經公司印行。

關於推敲

他推也好，他敲也好，
而總之，那是个月下門。
如果一推就進去了，
想必小沙彌還沒睡；
如果敲了半天才有人來開，
和尚也許會生氣的。

「請問師父您到哪兒去了，
怎麼這麼晚才回來？」

紀弦

重逢

胡品清

痼疾
毀滅性的深淵
陷入其中的我
恒感陰霾淒其
花木拒絕滋長
蜂蝶迴避

未被預期地
你自西徂東
敲響我之綠門
驀然

胡品清，1912年生，浙江紹興人，國立浙江大學英文系畢業，巴黎大學現代文學研究。曾任文化大學法文系所主任，曾榮獲法國文化傳播部頒贈學術騎士勳章及一級文藝勛章。她用中、英、法三種文字寫作。她寫詩，寫散文，寫短篇也寫文學評論，著有散文《不碎的雕像》、《玫瑰雨》及譯著《怯寒的愛神》、《法蘭西詩選》等四十多種。

日子

夏菁

有人说：日子默默地走过
像一列无言的托鉢僧
或是：一行掠空的飛雁
忽去得无踪无影

我以往走过的日子
也多是沙滩上的足跡
雪地裡的腳印
一生多逆水行舟
看不清前面的巫山幻景
只聽到船下的滄浪水声

從前也有过些日子
陳列了苦楝和相思
摻和着合欢与忍冬
現在再回首前塵
風过後树梢的無痕

二〇〇六．八．三
于可臨視堡

夏　菁，本名盛志澄，1925年生於浙江嘉興。美國科羅拉多州立大學碩士，曾任該校教授及聯合國專家等職。藍星詩社發起人之一。主編過《藍星》、《文學雜誌》及《自由青年》等詩頁。詩文並行，著有詩集：《獨行集》、《折扇》等十二種及散文《可臨視堡的風鈴》等四集。現退休在美，仍從事寫作。

詩組《大木》 ·夏夏

小鳥不開花
小鳥不開花

新生

開始有一棵樹
不知會有林
水果在種子裡
墨汁才剛剛打翻

一隻鳥從海上飛過
啣著一塊軟泥
雷雨來不及交錯

我還在想
要不要穿鞋子

備忘

我不願 說夢
怕以為有花
去街上買燈
故意唱歌

碎裂裂的

我把燈打亮
看花開滅滅
如今鳥又離枝
我更不願提起

等等…

樹有眼
雨有眼
空有眼

沒有 不是看你
裙子跳舞
你還在等
眼睛都變成石頭

石頭看不見

夏 夏，出生於高雄。曾獲時報文學獎「人間新人獎」。著有詩集《鬧彆扭》、《一五一時》詩選集。戲劇編導作品《煮海的人》。

躲在深山的湖　郭楓

連綿的群峰無窮無盡，除了蒼鷹
任誰也探測不出深山的奧秘
湖，躲在這荒寂的深山為了什麼？

也許，湖的最大心願是要避開人群
只要有人發現一塊美麗的天地
美麗總會被骯髒的鞋子踏成爛泥

天地之間，再沒有比人類中的貪婪者
更骯髒、更自私、更兇殘的動物
唯人類中的貪婪者要吞掉自己同類

躲開人群、躲開名號、躲開掌聲
費盡心思就是不願意成為一道風景
尋得空無人跡的荒涼深山，湖

守住本性清澈，也尋得寧靜自在
鎮日裡，聽風聲聞雷鳴看天光雲影
關心着鳥獸魚蟲花草樹木的消息

當黃金的秋季來臨，藍寶石的夜空
一輪明月醺然墜入澄清的碧波
湖，便融入月光無限溫柔的夢境
——2010.11.1新店山居

郭　楓，1933年生於江蘇徐州，1950年來台就讀台北師大附中；五〇年代初，在《寶島》、《半月文藝》、《野風》、《新詩週刊》等發表散文和詩。曾創辦《文季》、《詩潮》、《新地文學》、《時代評論》等文學刊物；創設「新地出版社」；主辦「當代中國文學國際學術會議」；在北京大學設立「郭楓文學獎」等。著有詩集《海之歌》、《第一次信仰》等，散文集《空山鳥語》、《老家的樹》等，文學評論《美麗島文學評論集》等十六種。

現代画像石

席慕蓉

沒有了文字的文字
沒有了語言的語言
沒有了支撐的支撐
沒有了草原的草原

沒有了信仰的信仰

是的　這就是我們的画像
在沒有了今日的今日
有誰知曉
那無声的劇痛　無形的創傷

席慕蓉，蒙古人，蒙古名穆倫・席連勃。詩人、散文家、畫家。生於四川，幼年在香港度過，成長於臺灣。臺灣師大美術系畢業，赴歐深造。1966年第一名畢業於比利時布魯塞爾皇家藝術學院。著有詩、散文、畫冊及選本等五十餘種。現為內蒙古、寧夏、南開大學及呼倫貝爾、呼和浩特民族學院等校名譽或客座教授；鄂溫克族及鄂倫春族榮譽公民。詩作譯為多國文字，在蒙古國、美國及日本出版。

散文詩三帖　孫家駿

妳一臉風霜裡有我，我一臉風霜裡有妳。老伴兒啊！請妳扶持着我的黃昏，我也扶持着妳的夕陽。別操煩明天的旭日還會不會再昇起。

二、

一天星子，滿城虹霓。十方琉璃世界，這映照的又是那一方呢？
我來自那一方星雲？那一盞才是我羈旅窗前張望的燈呢？

三、

一臉蒼涼，就像那片歲月的落葉，跌跌撞撞的總算把朝霞夕暉，風斑雨痕都埋在土裡了。
可曾留下個電話號碼？敲敲回憶的窗口，老朋友們還在嗎？

孫家駿，少小離家，由流亡學生升格為國軍戰士。喜歡謅幾句歪詩，塗一筆爛寫。渾渾噩噩一生，如此如此而已。

捷運

徐世澤

一條像風疾馳的彩龍
驚喜了我們的心
推送着我們跨入大腹
密密集集
擁擠着　流動着

你從新店游到淡水
由烏來山中傳來的歌声
四十分鐘後
美妙的奇跡在東海上播唱

徐世澤，江蘇東台（興化）人，1929年3月13日生。國防醫學院醫學生、公共衛生學碩士。曾周遊64國。曾任台北榮總員山分院院長。出版《擁抱地球》、《健遊詠懷》、《並蒂詩花》（合著）、《並蒂詩風》（合著）等。現任《乾坤詩刊》副社長。

因緣　涂靜怡

我在青澀的年代
不期然與你相遇
那時我就默默許下了心願
想要你是我今生唯一的知己

歲月匆匆流過四季
嬌豔的春節綻放了花開與花謝
卻不[illegible]動搖
我們相惜的[illegible]緣

如果世間真有風霜不盡的
便是你的深情築起了
我願將這　淡[illegible]勤耕耘這塊
屬於我們的　每一寸
心的園地

涂靜怡 2006年2月2日

涂靜怡，台灣省桃園縣人。出生在一個貧窮的家庭。父母早逝，靠自己奮鬥，以半工半讀完成學業並考上公職。自幼愛好文學，1967年開始發表作品。著有詩集《回眸處》、《紫色香囊》，散文集《我心深處》等十六種。（另有大陸版四本）目前是《秋水詩刊》的主編。

小詩二帖

張堃

電話亭

夜晚一群人
用手機高聲交談以後
又在繁忙的市聲中
消沉睡去
裝置藝術般地立在街角
從早到晚
空著

Digital心情

一直到用新買的相機
拍下人車漸漸散去的街景
那個褪色的記憶
又浮現在那幀泛黃的
黑白照片中

張　堃，本名張臺坤，祖籍廣東梅縣，1948年生於臺北。現旅居美國加州。早年參與《盤古詩頁》以及創辦並主編《暴風雨詩刊》。1970年代加入創世紀詩社。從事國際貿易。曾獲優秀青年詩人獎。著有詩集《醒・陽光流著》、《調色盤》。

在我們的心同時到達的地方

你的言語
讓空氣有了浮動
在緩緩飄移的回憶裡
我明瞭
愛原就是如此
如此輕盈卻又能承載一切

理智在瓦解中
思緒卻漸漸復甦
新的世界
由於你
讓秘被看見
在我們的心同時到達的地方

張芳慈
2010.3.15

張芳慈，出生於1964年，新竹教育大學國民教育所碩士。

班芙小鎮

張清香

花語外的花語
人声外的人声

是青銅上閃爍的飾綴
千城萬鎮之薇蘭（註一）

那點水而過的紅顏（註二）
勿須用髮色漂白歲月
勿須用皺紋紀錄生存
佳人只死不老
或消消或洶湧的潮汐裡
有永遠的美麗

已經是鳥瞰的最高點
這座山峰之後
還有更高更高的

會記得一些
也許會忘掉一些
小鎮如同寶石
不斷灼灼

註一：班芙是落磯山脈僅有七平方公里面積的國家公園小鎮，李安拍攝「斷背山」的地方

註二：弓河是瑪麗蓮夢露拍攝「大江東去」的場景。

張清香，生長於台南，不惑之年長住台北，2002年移居美國西雅圖一個濱海小鎮：三個地方，三種樣貌，三段迥異的生命階段，都同樣彌足珍貴。「寫詩很快樂，寫不出好詩很痛苦」——摸索於詩路上的小小心得。

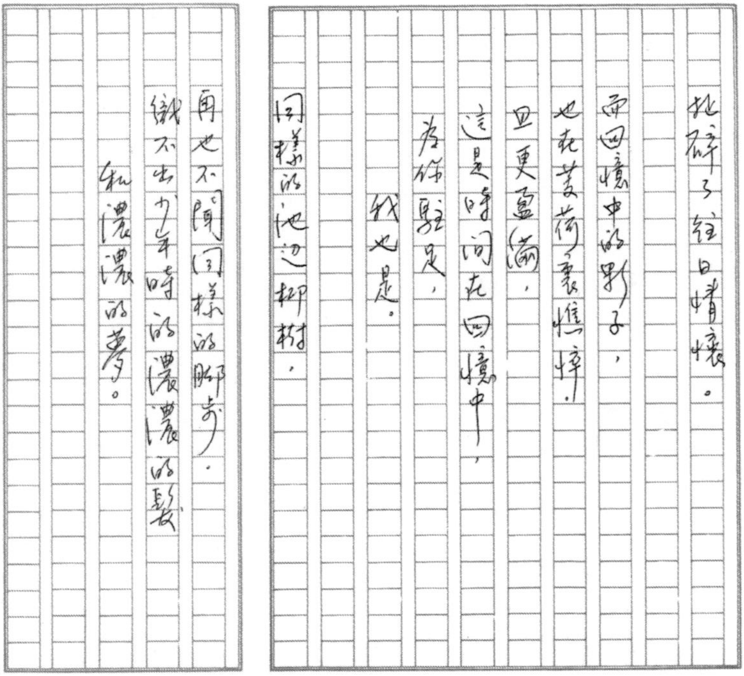
扯碎了往日情懷。
而回憶中的影子，
也在萎荷裏憔悴。
旦更豐滿，
這是時間在回憶中，
為你駐足，
我也是。
同樣的池邊柳樹。

再也不聞同樣的腳步。
織不出少年時的濃濃的髮
和濃濃的夢。

附註：女兒于德蘭代抄。

張秀亞，生於一九一九年，原籍河北省滄縣。輔仁大學西洋語文學系畢業，輔大研究所史學組研究。先後在靜宜大學、輔仁大學等校任教。一九七一年翻譯了女性經典名著吳爾芙《自己的房間》，為尚在起步的女性主義工作者，提供最好的素材。曾獲四個第一——第一屆「中國文藝協會散文獎章」、「中央婦工會文藝金獎章」、「中山文藝獎」、「婦聯會新詩首獎」。出版過八十二種著作，其中多種曾被譯為英、法、韓文。

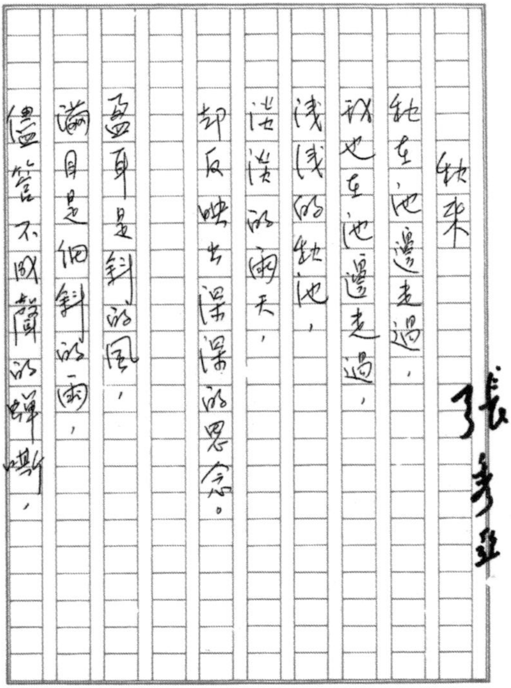

秋來

秋在池邊走過，
我也在池邊走過，
淺淺的秋池，
淡淡的雨天，
卻反映出深深的思念。
盈耳是斜斜的風，
滿目是細斜的雨，
儘管不成聲韻的蟬嘶，

張秀亞

喀納斯短歌

張默

a、
天比雲，低
樹比湖，低
野鳥比水，低
而摩托艇的飛濺，
比平靜的波瀾，更低

b、
山色，雲影，水漩
它們常常糾結在一起
究竟誰在發號司令
莫非是滴滴答答的雨聲

c、
它，想不想再伸一下懶腰
否則，第七道漣漪很難成形啦！

d、
雲彩，總是瞇著眼睛
把遠近的山巒，詮釋得更隱秘
這樣，旭日就不必大張旗鼓
提前報到囉！

張　默，本名張德中，安徽無為人，1931年生。幼讀私塾，1949年來台。1954年與洛夫、瘂弦創辦《創世紀》詩刊迄今。著有《獨釣空（蒙）》、《張默小詩帖》等16種；詩論集《台灣現代詩筆記》等6種。編有《新詩三百首》等多部詩選。2011年9月，以毛筆手抄台灣新詩長卷，捐給國圖，是他為新詩服務的新招。

雪的哲學

莫渝

雪，無私地落在大地上
人們悄悄關閉語言
在暖爐边
用心靈加釀春天的醇酒
寄給遠方的友人

遙遠的異地
是否也如此飄落
無私的雪
讓人們從靜寂中
把遙遠的思念
攤在大地上
接受陽光
暖化成湧動生命的清溪

（1982.11.）

莫　渝，本名林良雅，1948年生於苗栗縣竹南鎮中港溪畔，現居北台灣大漢溪畔。淡江大學畢業。曾任出版公司文學主編。長期與詩文學為伍，閱讀世界文學，關心台灣文學。2005年8月起負責《笠》詩刊主編。著有詩集：《無語的春天》、台語詩集《春天é百合》等。莫渝自我界定：現實主義人文關懷的台灣詩人。

三富農場　陳填

树叢裡急速墜下的螢光
愛的流星
一生追求相吸的頻率

農場濕冷冷的夜
雨絲撫慰了毛孔的煩躁
嘎躁的小雨蛙啊
你们讓我領悟了城市裡的寧靜

陳　填，本名陳武雄，服務農業機關40年，從技士做起，現任農委會主委。他認為詩是負責任的生命感動，寫詩是繁忙工作的獎賞。詩作〈一甕酒〉入選九十年詩選，〈死的儀式〉入選2008台灣現代詩選，〈五月的九重葛〉獲30屆世界詩人大會中文組金牌獎。

那時 —給C.

陳育虹

那時還沒有街道沒有
人潮
那時還沒有梵唱

有條野溪流水牛低頭吃草
有亂石荒草
那時這裡有菩提樹

有風聲鳥聲蟋蟀聲有錦蛙
遠遠有獼猴
那時這裡有月光

月光照著菩提葉一片片
一遍遍透透
那時這裡有寂寞

佛果生寂寞
菩提葉輕輕飄落肩上
那時這裡有佛

二〇〇四元月 菩提迦耶

原載聯合副刊 2004.03.12

陳育虹，文藻外語學院畢。生於高雄市。出版詩集《之間》、《魅》、《索隱》等，譯作《癡迷》、《雪之堡》，散文《2010爾雅日記》。曾獲2007中國文藝協會文藝獎章、2004《台灣詩選》年度詩獎。

東坡在路上

陳義芝

・詩共13節，今抄錄第11節。

乘風歸去他原是
天庭除籍的歌姬
人間鼻息雷鳴的彌勒
三品的翰林一品的詩人
原是好飲而善釀的鄰居啊
而今是無歇處的行路人

陳義芝，1953年生於台灣花蓮。1970年開始寫作。1997-2007年任聯合報副刊主任，現於台灣師大任教。出版詩集：《青衫》、《新婚別》、《不能遺忘的遠方》、《不安的居住》、《我年輕的戀人》、《邊界》及散文集《為了下一次重逢》等十餘種。

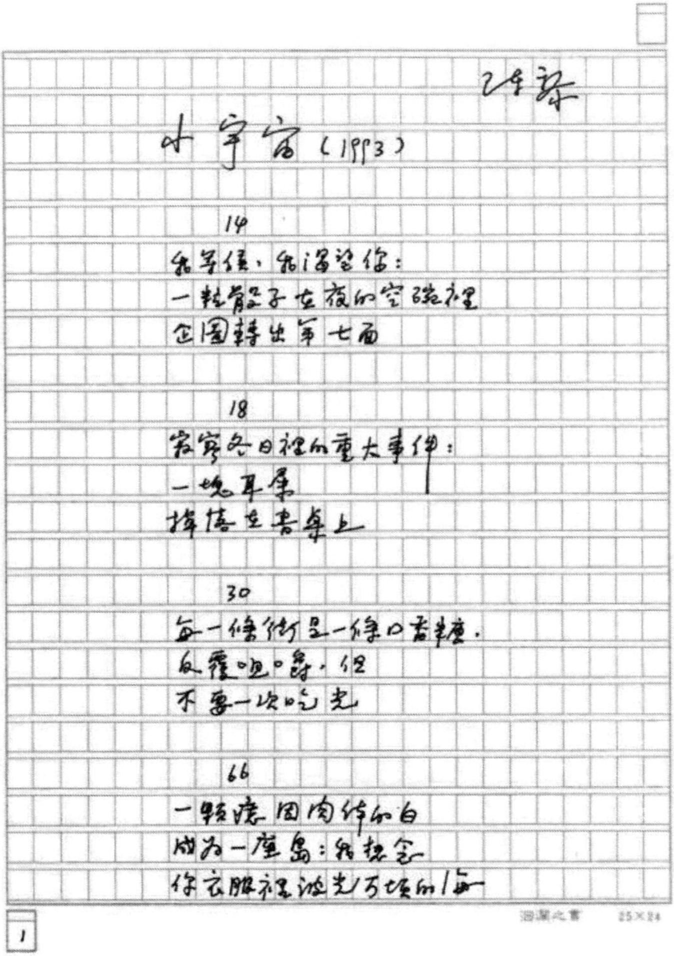
陳黎

小宇宙（1993）

14
我等待，我渴望你：
一粒骰子在夜的空碗裡
企圖轉出第七面

18
寂寞冬日裡的重大事件：
一塊耳屎
掉落在書桌上

30
每一條街是一條口香糖，
反覆咀嚼，但
不要一次吃光

66
一顆痣因肉體的白
成為一座島：我想念
你衣服裡波光萬頃的海

1

陳　黎，本名陳膺文，一九五四年生，台灣花蓮人，台灣師範大學英語系畢業。著有詩集，散文集、譯有《拉丁美洲現代詩選》 等十餘種。曾獲國家文藝獎，吳三連文藝獎，《時報》文學獎推薦獎、敘事詩首獎、新詩首獎，《聯合報》文學獎新詩首獎，梁實秋文學獎詩翻譯獎 ，金鼎獎等。二〇〇五年，獲選「台灣當代十大詩人」。

我已看尽花開花謝
正以淡淡的心情
走向灯火阑珊处

淡瑩
2010.11.11

淡　瑩，新加坡人。先後任教於美國加州大學、南洋大學、新加坡國立大學，現已退休。著有《單人道》、《千萬遍陽關》、《髮上歲月》、《太極詩譜》、《淡瑩文集》等，曾獲新加坡書籍獎、東南亞文學獎及新加坡文化獎。

渥太華的楓葉

麥穗

離秋霜渲染的日子尚遠
卻到處飄舞著紅葉
滿城翠綠的楓樹
對著搶走鋒頭的旗桿
顯然是無可奈何
因為這裡是它們的天地

其實我們該選擇秋天
來觀賞蓋天鋪地的楓紅
看它們如何演出那齣
焚城的壯舉
有沒有凱達格蘭大道上
紅衫潮的壯烈

2007.6.6.渥太華旅舍

麥　穗，本名楊華康。1930年出生於上海市，1948年來台，從事森林工作30餘年。曾加盟「現代派」，著有詩集《追夢》、《山歌》等10集，散文《滿山芬芳》等3集，論評集《詩空的雲煙》，編著《名詩人選3》等。

驚醒潛伏沙堆裡的比目魚
落寞的音波模擬潮声
渴望觸摸

珊瑚的呼吸
模擬季風中的頭髮
这世界的管風琴

櫻花蝦模擬我们
相約在缺乏遮蔽的岩壁
尋找記認的秘穴

焦　桐，1956年生於高雄市，曾習戲劇，編、導過舞臺劇於臺北公演，已出版著作包括散文、童話、論述及詩集《焦桐詩集》、《完全壯陽食譜》、《青春標本》等二十餘種，編有各種文選四十餘種。長期擔任文學傳播工作，現為「世界華文媒體集團」編委會顧問、中央大學中文系副教授。

过澎湖水族館

佳桐

也許像一部晚场电影
放映着我们之间的海洋
松球魚矜持着冷光穿过藻草
掀起預約的漣漪
遠離現實遠離
注視的眼瞳

往事闪着幽光游过抒情的水族箱
不断升起又破碎的幸福的气泡
激动的小浪

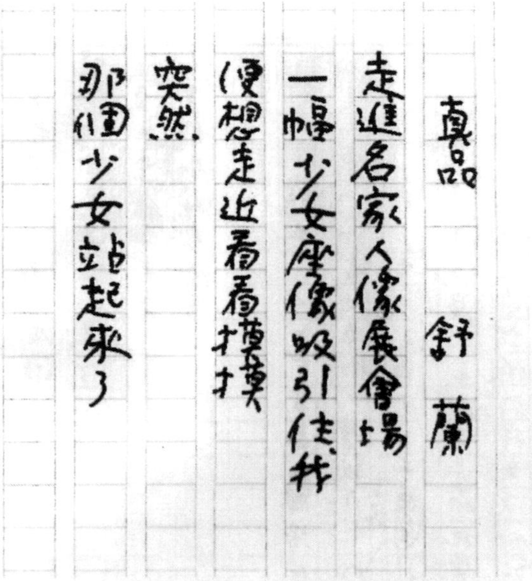
真品

舒蘭

走進名家人像展會場
一幅少女塑像吸引住、我
便想走近看看摸摸
突然、
那個少女站起來了

舒　蘭，本名戴書訓，1931年生。美國東北密大藝術研士。曾任軍職、編輯、記者、中小學教師，《路》文藝月刊、《布穀鳥》兒童詩學季刊主編。創作以詩為主，對搜集新詩史料不遺餘力。著有論述《中國新詩史話》，詩集《抒情集》、《鄉色酒》及兒童文學《舒蘭童詩選》等。

野生植物　雲鶴

有葉
卻沒有莖
有莖
卻沒有根
有根
卻沒有泥土

那是一種野生植物
名字叫
華僑

雲　鶴，本名藍廷駿，1942年生於菲律賓。六十年代創組菲華「自由詩社」，加入臺灣中國詩人聯誼會、香港現代文學美術協會等，並受邀為《創世紀》詩刊編委。曾任菲律賓作家聯盟（UMPIL）理事；現為中國作協、菲律賓記者總會會員，瑞士國際影藝聯盟榮譽博學會士（Hon. EFIAP），美國世界藝術文化學院（WAAC）榮譽博學會士，菲律賓華文世界日報副刊主編；著有詩集多種。

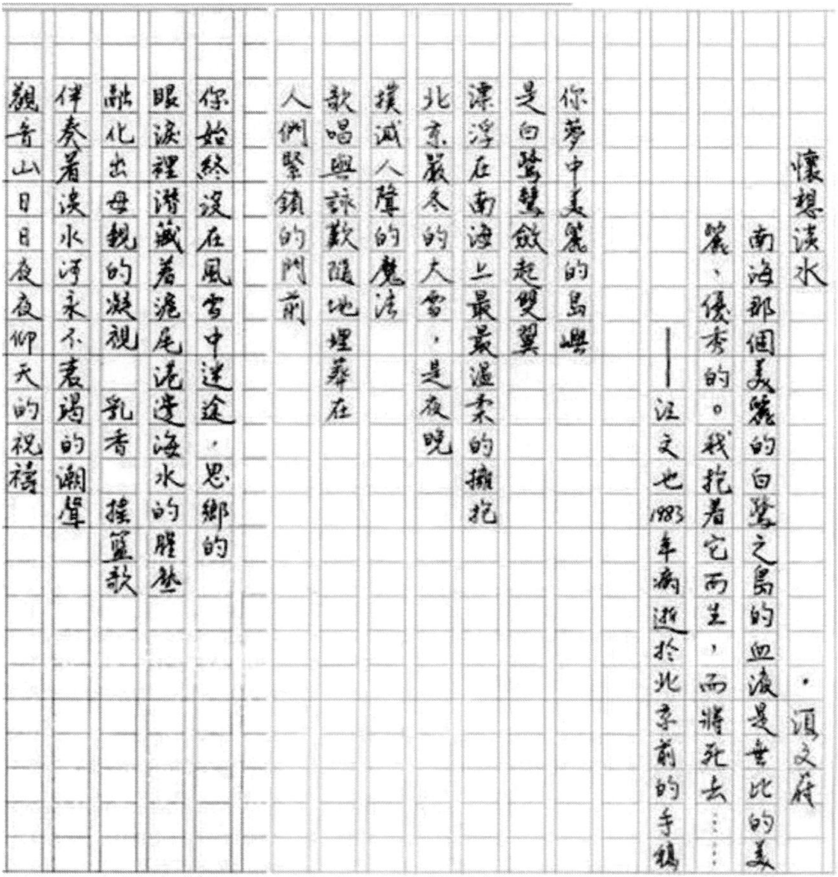

懷想淡水　・須文蔚

南海那個美麗的白鷺之島的血液是無比的美
麗、優秀的。我抱著它而生，而將死去……
——江文也1983年病逝於北京前的手稿

你夢中美麗的島嶼
是白鷺鷥斂起雙翼
漂浮在南海上最最溫柔的擁抱
北京嚴冬的大雪，是夜晚
撲滅人聲的魔法
歌唱與詠歎隨地埋葬在
人們緊鎖的門前

你始終沒在風雪中迷途，思鄉的
眼淚裡潛藏著滬尾港邊海水的腥味
融化出母親的凝視　乳香　搖籃歌
伴奏著淡水河永不衰竭的潮聲
觀音山日日夜夜仰天的祝禱

須文蔚，東吳大學法律系比較法學組學士、政大新聞研究所碩士、政大新聞研究所博士。現任國立東華大學華文文學系教授，兼任系主任，數位文化中心主任、花蓮縣數位機會中心（DOC）主任、財團法人公共電視基金會董事、行政院青年輔導委員會委員、《詩路：臺灣現代詩網路聯盟》主持人。

夜行火车

黄梵

雨像彻夜不歇的马蹄
它敲打的褐色土地彻夜不醒

一块褐土的皮肤上，一列火车正驰过
我瞥见车窗里的倩影，仿佛一根华
丽的羽毛
火车披着了做梦的皮肤

2011.10.11 书于
台北国际学舍

黃　梵，原名黃帆，1963年生。出版有《第十一誡》、《等待青春消失》、《女校先生》、詩合集《Original》（英國）、《南京哀歌》、《十年詩選》等。作品被譯成英、德、義、希、韓等外文。現為南京理工大學藝文部文學教研室主任、副教授。

鏡子　黃國彬

我，映照纖塵，
含至小而不虛；
我，包容廣宇，
納至大而不盈。
大動裏保持大靜；
大穢裏不失至潔。
萬物走進我懷裏，
只因我懷裏無物；
萬象投入我胸中，
只因我胸中無象。

黃國彬，香港中文大學翻譯系研究教授；已出版詩集十二本、詩選集一本、散文集六本、文學評論集八本、文學評論合集一本、翻譯評論集兩本；翻譯除但丁《神曲》中譯外，尚有中詩英譯一本，中英雙語詩選（合著、合譯）一本，未結集的中文作品英譯和英文、法文、意大利文、德文、西班牙文詩歌中譯多篇。

風兒雨兒怎麼樣

愛一個人是這樣
想一個人是那樣

風兒吹吹是這樣
雨兒滴滴是那樣

你什麼樣
我不一樣

愛一個人風兒吹吹
想一個人雨兒滴滴

你什麼樣
我不一樣

風兒雨兒怎麼樣

黑芽 2009.10.10

黑　芽，近一點好，我在世界這個角落，或許你不認識我我不認識你；當我們擦肩而過當我們點頭當我們微笑，當我們握手當我們擁抱當我們哭當……我每天練習吸氣和吐氣。紅塵不了解，我每吸一口氣再吐一口氣，就離自己更近了點，那就離紅塵遠點了。

讓我們凝聽神馳
那細細的一絲一縷
笛音
來自迷茫的遠方
那麼輕易地進入你寂寂的心
那麼輕易地進入我寂寂的心
那麼輕易地
隨着那寂寂的 同樣滅入
迷茫的遠方
寂寂地
我們動容
不為什麼

二〇〇六年七月二日台北

葉維廉，1937年生，廣東省中山縣人。普林斯頓大學比較文學哲學博士。曾任教於加州聖地牙歌加州大學。1980年出任香港中文大學英文系首席客座教授，建立比較文學研究所。學術論著有《龐德的國泰集》、《中國現代小說的風貌》、《比較詩學》、《解讀現代與後現代》等及詩集：《賦格》、《愁渡》、《葉維廉自選集》等十餘種；散文集：《一個中國的海》、《萬里風煙——葉維廉散文集》、《憂鬱的鐵路》、《歐羅巴的盧笛》、《尋索：藝術與人生》、《山水的約定》、《紅葉的追尋》等。

寂然動容

葉維廉

空寂：
一千種
微細的神異的顫動
聽不見聽得見
粒粒簇簇的青苔
絲絲細細的呼吸
穿梭在動似不動的枝葉間
不動似動
垂櫻粉瓣微微泛着初紅
柳葉輕輕觸着空氣
步履輕些
不要觸破這些
寂寂的密語

愚溪 2005.1.22

霹靂啪啦　呿哩匡啷
是誰以八万四千幅　蝶衣
編織那道美麗炫爛的彩虹
躄躄躡躡　蹻蹻蹺蹺
心忐忑忑忐心　甚蹊蹺
有城的去寄生在蘋果的核
呵呵呵　個個之我"形"的殼
封裝顆顆混圓未開張的"心"之魂
喏喏喏　桃花紅李花白紫色的是薔薇
如夢在半夜之城牆底　忽來還爭歲月
前三三後三三　空相隨輪轉轉轉轉兩千迴
大海嘯堆巨浪波波擊濤　剎那桑田變蒼海
一二三三二一　恒河沙數有沙數恒河
主夜神潛入有情人的夢境散播光楚天覓
嘰哩咕哩囉囉　鐵錢鉻混圓覆
食籬一撐　一致鮮紅的春日鐫印在一只無辜鮭的港
囉囉哩嘰哩咕　止止止　歎歎歎
色擾魂兮　一片赤朱的桃花帶舞在一隻魚星拜的季
霹靂啪啦 呿哩匡啷 呿哩匡啷 霹靂啪啦
宇宙萬象所有一切色彩都在一瞬間　旋入
那双白淨無垢的裡天之眼的第九度空間
非想非非想　非想非非想　處

上西水藍
由天空中

愚　溪，1951年生，台灣彰化人，作品深富浪漫色彩與音樂調性，貫穿其間的豐沛靈感與優美哲思，描繪出人類深闊的生命底蘊。作品中湛深的東方哲理內涵，優雅凝練的古典風格，融匯自由變化的現代語彙，呈顯靈性與智慧的生活美學。歷年作品以詩、小說為主，兼及劇本的創作。作品中淡淡的鄉愁，引領人們來到宇宙的藍色海洋。

鏡子

楊允達

站在
鏡子前面
照過来
照過去

我的童年
走進了鏡子

我的少年
走進了鏡子

我的中年
也走進了鏡子

鏡子裏
今天照見的眼神
不見六十年前的稚氣
不見四十年前的帥氣
不見二十年前的傲氣

今天的鏡子裡
出現一個
白髮蒼蒼的老頭兒
眼神沉歛
深不見底

2005年6月30日
於巴黎

楊允達，1933年生，北平人。台大歷史系畢業，政大新研所碩士，法國巴黎大學文學博士。曾任中央社駐歐、亞、非特派員、外文部主任、美聯社駐台特派員。1953年與詩人紀弦創立現代詩派。現任世界詩人大會主席暨美國世界藝術文化學院院長，著有詩、散文、詩評及翻譯十九本。

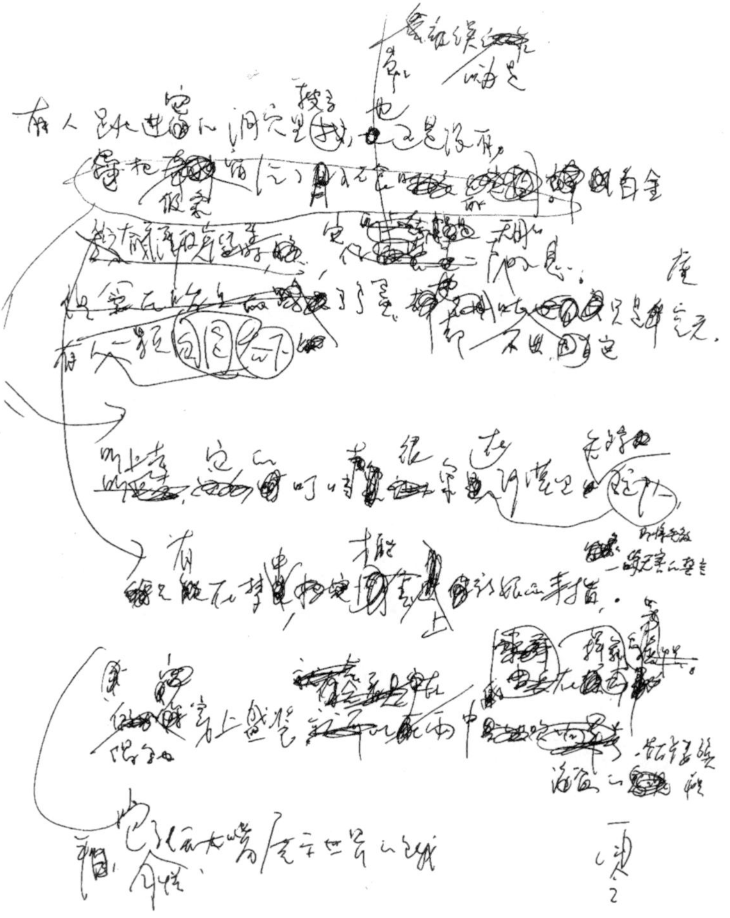

有人跳進它的洞穴裡搜尋，也還是沒有；
有人囫圇吞下一顆鴨蛋卻吐不出，那兒是虛無。

聽上去，它的叮噹聲很像駝隊在沙漠裡失蹤；
從太平洋彼岸傳來時，它常常被誤以為是一聲空洞的嘆息。

它把假象留給日月蝕的黃金，只有在夢中
才能套上新娘的手指，像一句早已失效的誓言。

平日，它習慣張開小嘴，吸干世界的錢，
偶爾也穿上戰裝，在雨中揮舞海盜的骷髏旗。

楊小濱，1963年生於上海，祖籍山東。復旦大學中文系畢業，美國科羅拉多大學文學碩士，耶魯大學文學博士，曾任上海社會科學院研究員、密西西比大學教師、北京師範大學客座講席等。現任職中央研究院文哲所。著有詩集：《穿越陽光地帶》、《景色與情節》、漢英雙語詩選《在語言的迷宮裡》，及論著《否定的美學：法蘭克福學派的文藝理論和文化批評》、《歷史與修辭》、《The Chinese Postmodern》等書。

淡水漁人碼頭　落蒂

從清晨一直冷清到夜晚絢爛
人們大聲划拳並大口大口喝下
一日的愁苦焦慮
老闆的臉色已絕
藍色公路的船隻遠遊
此起彼落的燈亮了起來
心情也鬆懈了下來
吵雜聲中各吐各的悶氣
不論臉紅脖子粗
或是溫柔的細談
都讓它航向
茫茫的夜色
海浪拍打聲中
有人站在碼頭橋上高歌
只有晚風聽懂
他唱些什麼

落　蒂，本名楊顯榮，台灣嘉義人，1944年生，國立台南師範普師科畢業，國立高雄師大英語系畢業，國立台灣師英語研究所結業。寫詩兼詩評，有詩集《煙雲》及《一朵潔白的山茶花》等；詩評論集有《詩的播種者》及《六行寫天地》。現專事寫作。

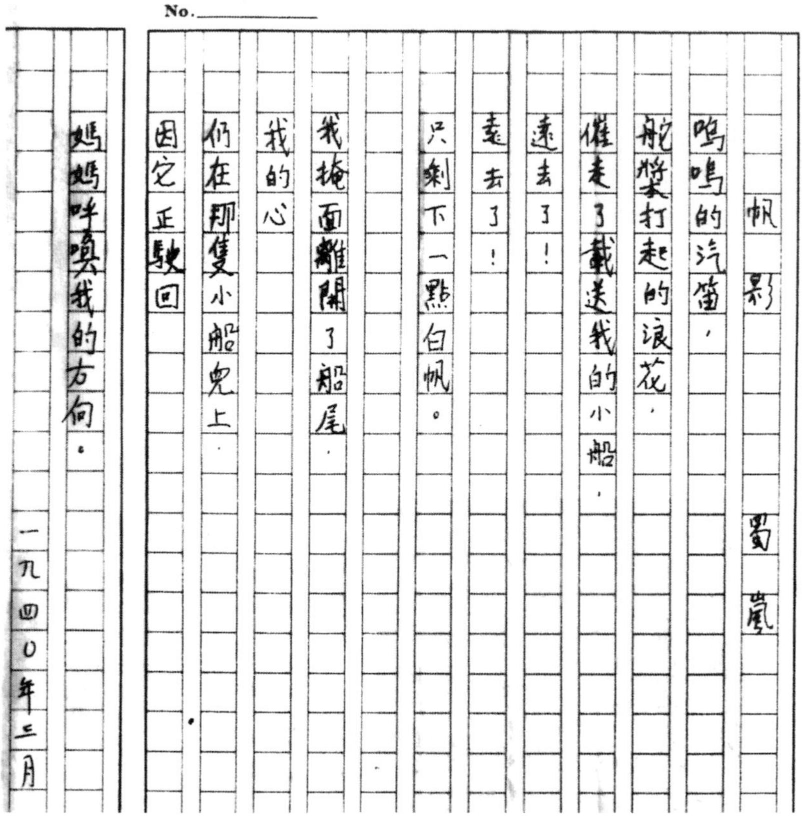

No.

帆影

蜀嵐

嗚嗚的汽笛，
船槳打起的浪花，
催走了載送我的小船，
遠去了！
遠去了！
只剩下一點白帆。
我掩面離開了船尾，
我的心
仍在那隻小船兒上，
因它正駛回
媽媽呼喚我的方向。

一九四〇年三月

蜀　嵐，薛林，本名龔建軍，1923年生，四川雲陽人。曾創辦《布穀鳥兒童詩學學刊》、《小白屋幼兒詩苑》季刊、小白屋幼兒詩獎、台灣薛林懷鄉青年詩獎。獲頒南瀛文化獎詩歌「貢獻獎」、世界詩人大會「和平獎」等。著有《愛的故事》（長詩集）、《現代詩創作與欣賞》、《追尋陽光的女孩》、《不墜的夕陽》、《帆影》等詩評論、詩影集、詩畫集共三十多本。

NO.

周莊

蓉子

一腳叩響了古樸的青石板路
便進入了多姿多夢多霧的小鎮
鎮為澤國　依水為街　名為周莊
看唐風宋水的古風猶存
煙雨江南的柔情還濃
臨水高高的茶樓上
笑語伴茶香溢出了木格紙窗
水牆門　橋樓　廊坊　河埠水巷
處處拱橋　槳聲欸乃　船歌悠揚
歷來多少商旅絡繹穿過橋洞……

蓉　子，本名王蓉芷，曾任中國婦女寫作協會値年常務理事，中山文藝獎評委、亞洲華文女作家文藝大會主席，著有詩集十九種，並在北京大學等處舉辦作品研討會。作品選入中、英、法、德、南斯拉夫、羅馬尼亞、日、韓等國詩選集。已有五本評論蓉子作品的書。國際婦女年國際婦女桂冠獎和國際莎士比亞終生成就獎。曾獲國家文藝獎、中國青年寫作協會首屆金鑰文學成就獎。

他

仰頸飲盡一杯私釀的自己
把夢孵在風拂的柳中
讓時間奔馳在心的荒原
使圓或方的空間煨出甜美的感官
他

他就是二大爺。

碧果

碧　果，1932年生於河北省永清縣。著有詩集《秋・看這個人》、《愛的語碼》、《肉身意識》、《詩是實於夏娃的》等十餘本。曾任《創世紀詩雜誌》社長等職。

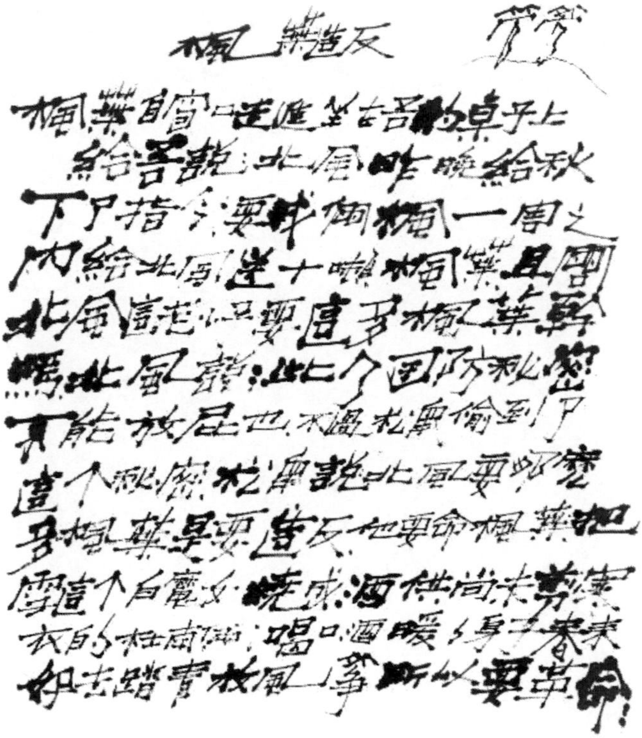

楓葉造反　管管

楓葉自窗口走進坐在吾的桌子上
給吾說：北風昨晚給秋
下了指令要我們楓一周之
內給北風送十噸楓葉且罵
北風宣告：只要這子楓葉敢
罵北風就：此个國防秘密
真能放屁也，不過杜鵑偷到了
這个秘密，杜鵑說北風要吃寒
子楓葉早要造反也要命楓葉把
雪這个白魔女燒成酒供尚未穿寒
衣的杜鵑們，喝口酒暖身子春來
好去踏青放風箏所以要革命！

管　管，寫詩畫畫演戲、睡大覺、放大屁、罵大街、吃大蒜而已而已，老而不死是為賊也乎矣耶哉之吁！

火煉

鄭愁予

焚九歌用以煉情
燃內篇據以煉性
煉性情之爲劍者兩刃
而煉劍之後又如何？就
煉煉火的自己吧

煉自己成爲容器
不再是自己而是
大寶若虛
此所謂爐火純青
是容飛蛾即興闖入
過癮而不……
焚身

鄭愁予，本名鄭文韜，1933年生，籍貫河北。曾加入現代派、創世紀詩社。1968年應邀赴美國愛荷華大學國際寫作班參加「國際寫作計劃」，1972年在愛荷華大學獲創作藝術碩士學位，並先後任教於愛荷華大學、耶魯大學和東華大學。曾獲中國文藝協會文藝獎章、國家文藝獎和時報文學獎，並出任聯合文學社長等。著有詩集《夢土上》、《燕人行》、《窗外的女奴》、《刺繡的歌謠》、《寂寞的人坐著看花》等。

馬蹄留下踏殘的落花
在南國小小的山徑
歌人留下破碎的琴韻
在北方幽幽的寺院

秋天，秋天甚麼也沒留下
只留下一個暖暖

只留下一個暖暖
一切便都留下了

瘂　弦，本名王慶麟，1932年生，祖籍河南省南陽市。瘂弦和洛夫、張默是創世紀詩社共同創辦人。他崛起於1960年代台灣現代詩壇，作品口語生動活潑、富音樂性，最能表現悲憫情懷、生命之甜美與現代人生命困境之探索。《弦外之音》（聯經）是他的詩稿手跡、歲月留影、朗誦、談詩的經典選集。曾任幼獅文藝主編、聯合報副刊主任，香港浸會、世新等多所大學駐校作家。

秋歌

——給暖暖

落葉完成了最後的顫抖
荻花在湖沼的藍睛裏消失
七月的砧聲遠了
暖暖

雁子們也不在遼敻的秋空
寫牠們美麗的十四行了
暖暖

湖邊驚遇

墨韻 2010、3、14.

昨夜自中興湖走過
一隻番鴨帶著笨重的腳步
突然在夜黑趕路的中途相遇
我們彼此錯愕
我知道
湖就在牠足下
一旦入湖
便悠游了

電話一直很小聲
如一枝不順暢的筆
不像遠方
高山湖泊上的水面
冰雪消融後
總滿溢星光與焦思

墨　韻，本名陳素英，曾獲青年優秀詩人獎，歌詞創作獎、散文獎。博碩論：《王船山情景說研究》、《文心雕龍對後世文論之影響》。詩集《陳素英中英文短詩選》、《閱讀》等；音樂與文學：《古典的新聲》、《樂風泱泱》等。曾任教北藝大等校，任空大文學專題、詞選演唱，目前任教東吳大學。

街頭掠影（二帖）

劉小梅

老樹聚精会神 阅读着
一幢新建豪宅
風從身边轻步走过
但仍驚醒酣睡池塘
荒涼退位
時尚登場
鳥卻依舊擁抱着
不懂改革的
晨光

●之二

鋼琴勇敢地在傾訴
相思
風鈴搖頭

溪中玩耍的鷺鷥
一不小心弄丢了
夏日

劉小梅，1954年出生於台北市，祖籍山東諸城，服務媒體25年退休，目前為「居心堂」主人，著有8本詩集，含其他文類共18本，曾獲「詩歌藝術創作獎」、「創世紀小詩獎」，世界「桂冠詩人獎」以及全球「卓越文學獎」等10餘種。

等你來奉茶

沸騰一池
春水的蜜香
奔向我
閃爍多變的
瞳孔，果然是
熟果著蜒
東方美人的
丰姿熟韻
我是貓
等你來奉茶

德亮 2007大寒

德　亮，本名吳德亮，詩人藝術家兼具作家、畫家、攝影家、茶藝家等多重身分：台灣花蓮人，國立中興大學法律系畢業。曾獲全國優秀青年詩人獎、中國時報文學獎、台灣傑出茶藝文化獎，著有詩集、散文、茶藝文學、報導文學等共32本。並在國立藝術館、福建省美館等地舉行油畫、水彩與攝影個展多次。

雪中徑　蔡富澧

我得回頭，沿著雪中的腳印
吸幾口冰冷的傷痛
才能找回春天的花秋天的月
和遺落小路盡頭的心

終究要離開，那天
那地，那人，除了雪
終究得放下，體溫
眼眸與歡笑，除了記憶

從此，冰封的路上不會有你
從此，寂默的心中不會沒你

蔡富澧，佛光大學宗教學研究所碩士，曾獲聯合報新詩獎、國軍文藝金像獎、高雄市文藝獎、玉山文學獎等多種獎項，著有《山河戀》、《山河歲月》、《與海爭奪一場夢》、《三種男人的情思》、《藍色牧場》等。蔡富澧

蛻　魯蛟

有些獸
漸漸漸漸的
在牠們的身體裡
裝上了人類的靈魂

有些人
快速快速的
把靈魂撤走
在所有的脈管裡
注滿了獸的血液

魯　蛟，本名張騰蛟，1930年生，原籍山東高密。「現代派」成員，創作生涯半世紀以上，著有詩、散文、傳統文學和自選集共25種。有七篇詩化的散文先後入選兩岸三地國中至大學十三個版本的國文教科書中。

蟬

かれらは鳴いている
涙ぐましい程
精一ぱいに鳴いている
それは—
一つの反抗ですらある
蟬よ

他們在鳴叫
極其感人地
拚命地在鳴叫
它—
甚至是一種反抗
蟬呀

錦連

錦　連，祖籍台北三峽，曾任職於台灣鐵路局電報室近38年。日治末期即以日文寫詩，屬於跨越語言的一代。1948年以〈在北風下〉日文詩作刊登於《潮流》上，成為「銀鈴會」最年輕的成員。1964年《笠》詩刊創立，為發起人之一。長年從事日語教學、翻譯詩及詩論。曾獲「榮後詩獎」、真理大學「台灣文學家牛津獎」；2008年5月2日明道大學舉辦「錦連的時代——錦連詩作學術研討會」。《錦連全集》13冊，由台灣文學館印行。

尋常的茶

茶在水杯中伸展春天的詩
我在你的慈悲裡吐露秋日寒霜
無盡，無盡——舒放

天在天之外 觀天之氣象
那忍不住的咳嗽聲隱隱來自心底
無常，無常——如常

如常，在水杯中伸展春天的氣息
你泡的那一壺茶可以這麼尋常

蕭蕭

2011.10.4 作
10.19. 謄

蕭　蕭，1947年生，本名蕭水順，臺灣彰化人。曾參加「龍族」詩社，主編《詩人季刊》，現任明道大學副教授、《臺灣詩學季刊》社長。著有詩集《凝神》、《草葉隨意書》、《情無線思無邪》等。蕭蕭的詩作以簡潔凝鍊的意象取勝，能予人禪境的寧謐、禪悟的欣喜。

鞋子的喟嘆

謝輝煌

草鞋一行詩
寫在泥鰍翻跟斗的浪上
布鞋一行詩
寫在杜鵑鳥哀號的山崗

‧

鞋子就哭成夢田的地方
也有打鼓的青蛙敲鑼的小狗
也有青葉粽子黃葉蘆芒
風吹茶花時也有小妹妹的春愁

‧

熱鬧的嘉年華會裡鞋子興奮的走
河灘　說它是打擺子的候鳥
山林　笑它是偶而來掛單的野猴
高樓啊　譏它是無業遊民的尿尿

‧

左腳　一路雨水飄飄
右腳　一路風雪澌澌
養路工笑笑　我們要本土沙包
鞋子一聲長嘆　那兒有我的夢裡相思

中華民國九五年四月廿八日 油桐花雨中

謝輝煌（1931－），江西安福人。初中畢業。曾任臺長、幕僚、專員、編輯等職。現為中國文藝協會、中華民國新詩學會等會員，暨三月詩會同仁。曾出席第二屆及第十五屆世界詩人大會。作品有散文、新詩、傳統詩、時論、詩論及詩歌賞析，散見兩岸三地及新加坡等地報刊。出版有散文集《飛躍的晌午》。

我的翅膀，給你飛翔

——向四川大地震殉職教師致敬

鍾玲

張米亞常常唱這首歌
給山城的孩子聽：
「摘下我的翅膀，
送給你飛翔！」

五月十二日下午，地裂山崩，
漫天的水泥塊橫飛，
却摘不下他的翅膀。
鎮人挖掘倒塌的教學樓，
挖出張老師僵硬的身體，
跪伏著，双臂撐起如翼
一手護住一個學生，
他們还睜著眼睛，活著。
他死亡剎那，双臂化成
鋼筋，築一間避難室。

因為你們那麼依戀山鄉，
因為你們那麼享受孩子的成長，

鍾　玲，威斯康辛大學比較文學博士。中山大學外文系教授，文學院院長，現任香港浸會大會文學院院長。獲國家文藝獎。詩創作《芬芳的海》、《霧在登山》。評論《現代中國繆司：台灣女詩人作品析論》。與美國詩人Kenneth Rexroth合作英譯兩本詩集。

膠片

鍾順文

隔著一張薄薄的膠片
望去竟有還不可測的深淵
誰有勇氣探頭過去？
稍不留神
會有駭人聽聞的荒唐事件
甚至遍體血漬

鍾順文，曾獲八十七年中國文藝獎章及多次高雄文藝獎、優秀青年詩人獎，南投、澎湖、北縣文學獎，心藏詩獎等。作品印成英、日、韓文出版，並常入選年度詩選、中華文學大系、百家詩選及日、英、韓文台灣詩選，大陸的青春詩選。

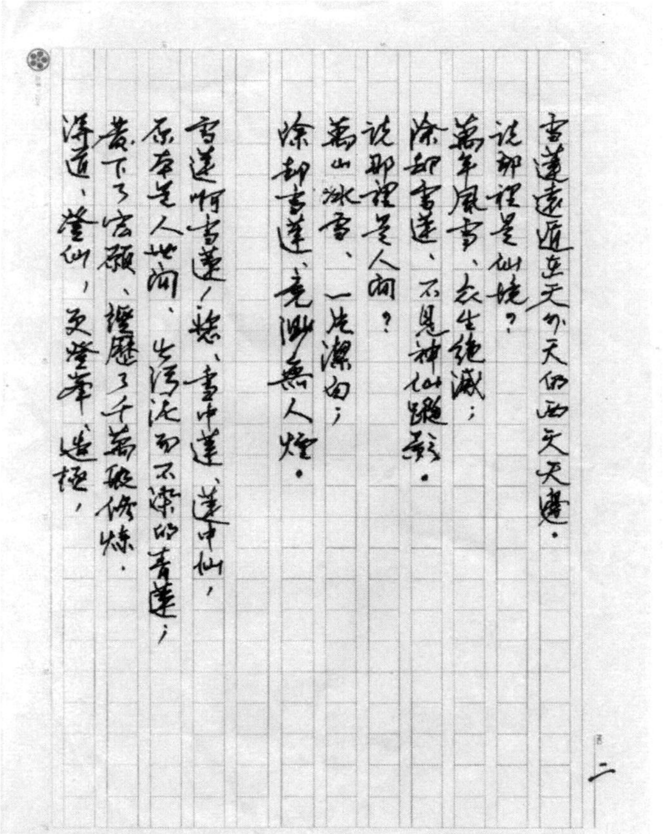

雪蓮遠遁在天外天的西天天邊。

說那裡是仙境？
萬年風雪、衣生絕滅；
除卻雪蓮、不見神仙蹤影。
說那裡是人間？
萬山冰雪、一片潔白；
除卻雪蓮、竟渺無人煙。

雪蓮啊雪蓮，悲、書中蓮、蓮中仙，
原本是人世間、出污泥而不染的青蓮；
嘗下了苦頭、經歷了千萬般修煉。
得道、登仙，更登峯、造極，

二

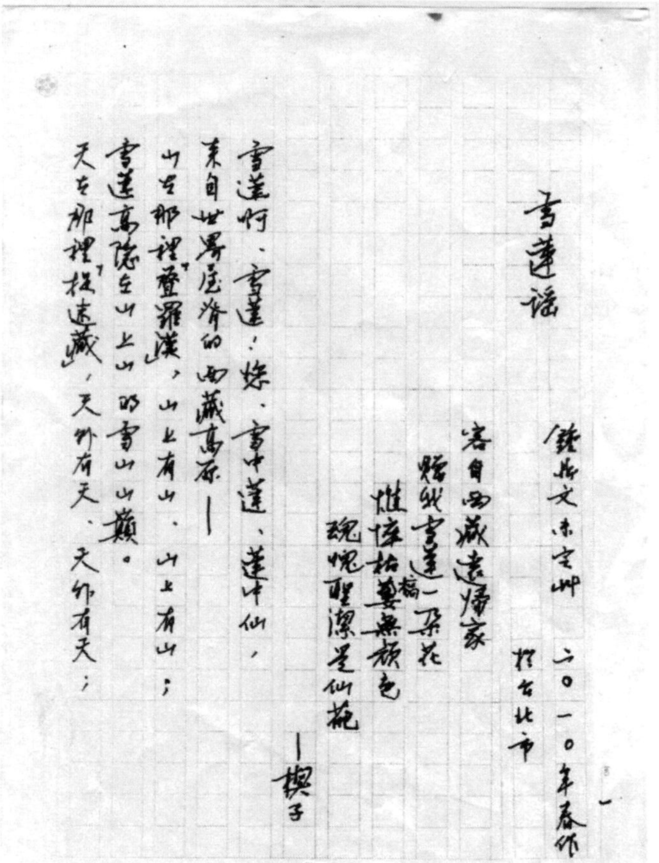

雪蓮謠

鍾鼎文未定草 二〇一〇年春作 於台北市

客自西藏遠歸家
贈我雪蓮一朵花
憔悴枯萎無顏色
魂魄聖潔是仙葩
——楔子

雪蓮呵、雪蓮！妳、雪中蓮、蓮中仙，
來自世界屋脊的西藏高原——
山在那裡？疊羅漢，山上有山、山上有山；
雪蓮高隱在山上山的雪山山巔。
天在那裡？極遠處，天外有天、天外有天；

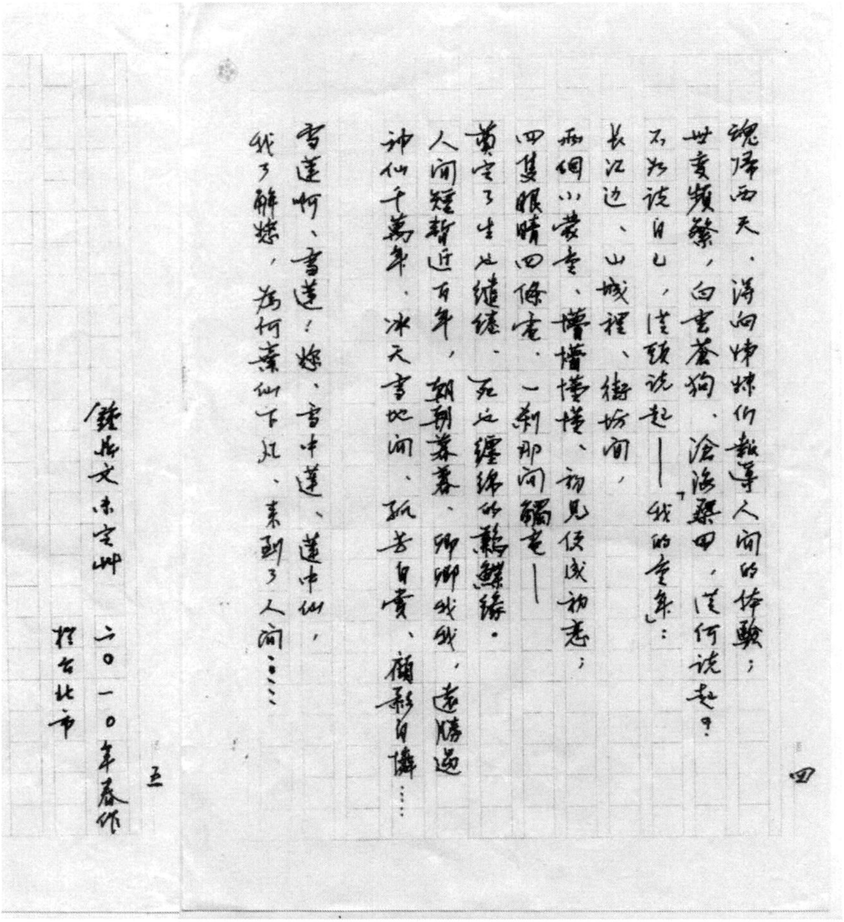

魂歸西天，得向佛陀們報導人間的體驗；
世事頻繁，白雲蒼狗，滄海桑田，從何說起？
不如說自己，從頭說起——「我的童年」：
長江邊、山城裡、街坊間，
兩個小蒙童、懵懵懂懂、初見便成初戀；
四隻眼睛四條電，一剎那間觸電——
奠定了生也纏綿、死也纏綿的鶼鰈緣。
人間短暫近百年，朝朝暮暮、卿卿我我，逍遙遊
神仙千萬年，冰天雪地間、孤芳自賞、顧影自憐……
雪蓮啊、雪蓮！妳、雪中蓮、蓮中仙，
我了解妳，為何棄仙下凡、來到了人間……

鍾鼎文 未定艸 二〇一〇年春作
於台北市

四 五

鍾鼎文，1914年生，安徽人；1930年開始以筆名「番草」發表詩作。已出版中文詩集：《行吟者》、《山河詩抄》、《白色的花束》、《雨季》及英、法、荷、意、德等多種外文詩集。1969年與國際詩友共同發起「世界詩人大會」（World Congress of Peots）。1973年任第二屆大會會長，制定會章，並創設世界藝術文化學院（World Academy of Arts and Culture）作為大會常設機構。

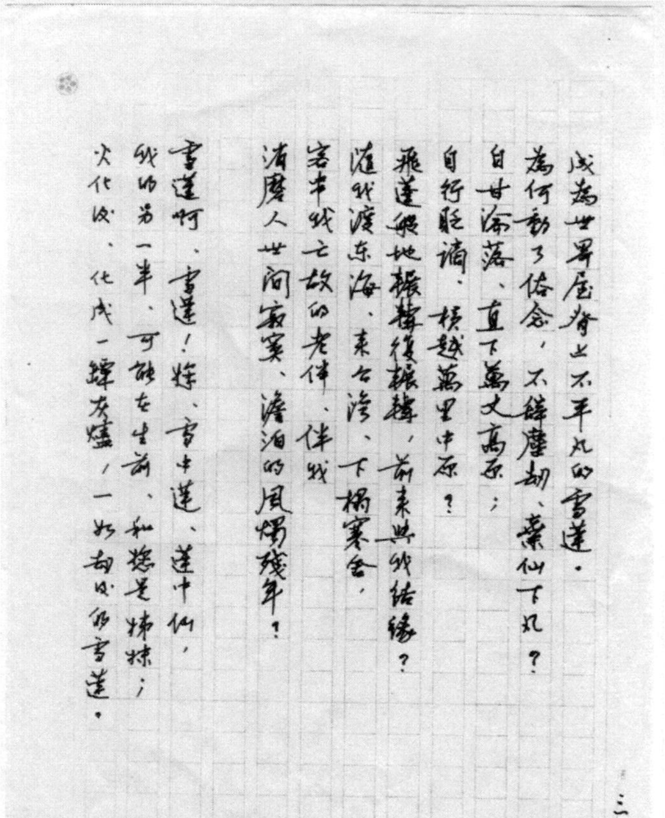

成為世界屋脊上不平凡的雪蓮。
為何動了俗念，不辭塵劫、棄仙下凡？
自甘淪落、直下萬丈高原；
自行貶謫、橫越萬里中原？
飛蓬無地輾轉復輾轉，前來與我結緣？
隨我渡东海、来台湾、下榻寒舍，
客串我亡故的老伴、伴我
消磨人世間寂寞、澹泊的風燭残年？

雪蓮呵、雪蓮！妳、雪中蓮、蓮中仙，
我的另一半、可能在生前、和您是姊妹；
火化後、化成一罈灰燼，一如當時的雪蓮。

二

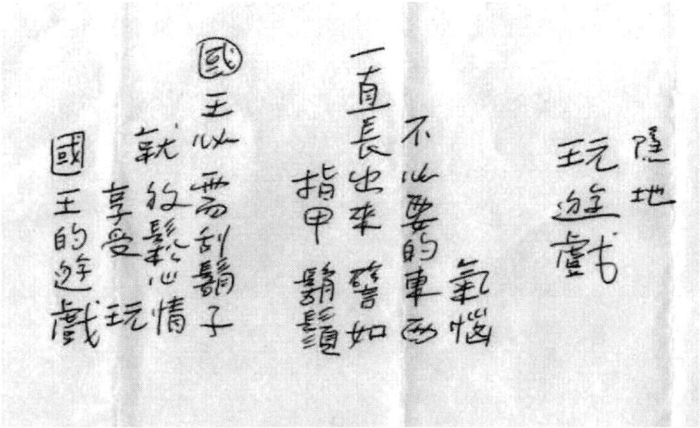
玩遊戲
隱地

氣惱
不必要的東西
一直長出來 譬如
指甲 鬍鬚
國王必需刮鬍子
就放鬆心情
享受玩
國王的遊戲

隱　地，本名柯青華，1937年生於上海，浙江永嘉人。曾任「書評書目雜誌」總編輯，現為爾雅出版社發行人，「年度小說選」、「年度詩選」創辦人；著有《漲潮日》、《遺忘與備忘》、《法式裸睡》、《風雲舞山》、《風中陀螺》等小說、散文和詩集。

樹與太陽　　　　藍雲

一片樹葉落下
二片樹葉落下
三片樹葉落下
無數樹葉落下
樹，依然昂首而立

一個偉人走了
一個大師走了
一個清道夫走了
不論大小人物走了
太陽，每天仍打東方升起

像樹，看待一切
沒有什麼不捨得
像太陽，儘管世事多變
永遠不改其本色
人而如此，來去從容無惴慄

藍　雲，《乾坤》詩刊創辦人。本名劉秉彝，1933年生，祖籍湖北省監利縣，寄籍湖南岳陽市。1949年來台，曾任中小學教師三十餘年。1996年自教育單位退休。1997年創辦融合現代詩與古典詩詞於一體的《乾坤》詩刊。著有詩集《萌芽集》、《奇蹟》、《海韻》、《方塊舞》、《燈語》等。

夕陽前發生的事

顏艾琳

弱小的樹枝掉了下來，
剛停歇在上面的鳥声
如雨滴一般墜落，
敲醒草叢中棲息的昆蟲。
牠们像鋼琴手的指頭
反射著　Do音
　　　　　　Ti音
　Re音
　　　　　　　　Fa音
　　　　　So音
最後一隻高音階的Mi音
還不及出現，

夕陽以吸塵器的速度
將這一切吞噬乾淨

86.4.13
（1997春·作）

顏艾琳，台灣台南人，年輕時玩搖滾、劇場、地下刊物。曾獲創世紀詩刊40週年優選、全國優秀詩人、吳濁流新詩正獎、中國文藝新詩獎章。著有《骨皮肉》、《黑暗溫泉》、《她方》、《微美》等書；作品已譯成英、法、韓、日文。

山櫻　　羅任玲

忽然就下午了
落雨的瞬間
角落裡默默醒著
粉末般美麗的小臭
在遺忘的死亡懷裡
偷偷長大
老人的終話
當山路終於幻化成海浪
你便一直漂流
到多年前低音的空谷
愛情尚未成形
草原被雪
烹成一抹微笑
只有死亡
偷偷
窺伺這一盞幽香的空杯

羅任玲，台灣師範大學文學碩士，著有詩集《密碼》、《逆光飛行》，散文集《光之留顏》，評論集《台灣現代詩自然美學》等。

回家

蘇紹連

文字想要回家，填入稿紙三百公里
意象在外餐風露宿，形銷骨立

意象想要回家，搭著文字長長的火車
晦澀的行囊裡全是親友的思念。

說不出來的晦澀
是我最熟稔的愛

蘇紹連，目前主持「吹鼓吹詩論壇」網站，並主編同名刊物。擅長散文詩、超文本詩創作；發掘「無意象詩」，並結合華語和台語詩。著有《茫茫集》、《童話遊行》、《學生小丑的吶喊》、《散文詩白白書》等詩集。

勳章

龔華

她們努力穿針
在溝渠裡 在烈陽下
她們縫補最後一匹晚霞
映照鏡子裡的歲月

她們輕踏氣詩
在城市 在鄉間
她們仔細分辨雨聲
聽誰新誰舊

她們認真排演
在臺前 在幕後
她們拿著帷幕一角
不讓它垂落

她們仔細撿拾
在花床 在陽台
她們將一片片凋零鑲回枝枒
作為埋葬花瓣的儀式

在診間無法抗拒閹割
她們回到枕邊
依舊探索著愛情
把露水當眼淚
她們卸下層層衣裳
擦亮啼痕深處塵煙舊事

問 烙印是否安在
那女人花僅有的瑰麗勳章

龔　華，近年來以現代詩創作及翻譯為主。目前擔任乾坤詩刊社社長、創世紀詩社編委、中華民國新詩學會常務理事。並參與格瑞那達詩歌節（尼加拉瓜）、揚・斯莫瑞克詩歌節（斯洛伐克）、世界詩人大會等國際詩會。1997年起投入癌症防治、宣導工作，為病友支持終身志工、台北榮總同心緣聯誼會創會會長、《同心緣地》會刊主編。

第二輯

乾坤詩獎

第二屆乾坤詩獎

現代詩組首獎

子不語◎林志龍

九月　海洋的劫願從山頭灌頂
清苦的智慧　緩滯地沿注在這個島的脊背

溫濁的唐熙湖遺址內又湧現　黃泉
零星的氣墊船由三色的青紅燈塔引航
更多的是鍋碗瓢盆　等候靠岸

而天橋另一邊開放的是凱達格蘭的帝國碼頭
傳說　豐沛的魚群窩藏在通往捷運的地下道內
一群人不得已將就稍低廉的抽水機具
媒體說這都要歸咎於不肖的魚網商過度哄抬其價

大雨過後　城市尚未淨身
許多山頭卻在酸雨潑灑後落髮出家

＊＊＊

車的前座囫圇著裹含在氣泡裏面的大悲經咒
以至於百鬼日行

廿四小時內　已買不到乾坤錯置的八卦了
夜市裏依然有人搶購去年生產過剩外加泡水的鍾馗娃娃

議會也正準備編列預算來開設公共網站
屆時有各種收驚用的電子符令可供申請
在此之前
欲化解災厄請虔心持誦公車上　小市民的墓誌銘
換上便依的牛頭馬面　索性　挾著雞毛當令箭
沒人發覺毒蟲在混亂中趁虛扒了幾把香灰
大雨過後　一隻被燙紅的貓在濯濯的胸脯內低吟

＊＊＊

酒瓶內透剔的青竹絲在大雨過後仍然死守　盤踞

泡了一年的埔里紹興猶令人觸目驚心
划拳樣的手勢打探著從早到晚　假裝一臉酣然的交易行情
由不得想起血的數據曾讓嗜者一飲而歸

如今談判桌前懷念的竟是曾幾何時的續攤豪氣
與會的代表優雅地引用了上一世紀的一句古老髒話
「破萬點！」

背面的第二版
廟堂籤紙糊成的法器涉嫌在張牙的斧槌前　裝死
好兄弟在火口徘徊　金紙已拒絕焚身殉道
因為湮滅人骨的焚化爐本來就不　燃燒信仰

大雨過後　偽報猖獗
驗鈔光筆據說可以驗出浮水印的真相

＊＊＊

大雨過後　鑼鼓再度打擾不甚安寧的太歲
一群人解開了這個島的信仰圖譜

十月燥熱的盆地發現媽祖香爐的基因
複製神的旗杆彷若參天香柱　鼎盛如春筍
而信徒在街頭散發累積四年的　功德狀
路人紛紛抱怨滿手污穢是未乾的油墨使然

鷹架搭起的神壇下猶有舉香不定的善男信女游離
主祭在三炷麥克風前祈天保佑
在野的鼎爐搶先抬進地狹人稠的廟堂

再一次大雨過後　民主潰堤
安全人員隔著蜿蜒的流水席屹然相對
巴望著耐啃的魚翅和發腥的蹄膀

火頭即將燒到眾信徒的香腳
預知會有大批落難的神像醃漬在歷史的泥沼裏

林志龍，男，1979年2月29日板橋出生，自小舉家居遊台灣西半各地，熱愛台灣本地民俗文化，現居台中縣梧棲鎮。八十八年靜宜大學中文系畢後即從戎，現役畢正準備再度進修宗教哲學領域。
求學以來，志趣一直游移在文史哲之間，對於第一次寫詩徵投即獲獎，是個人莫大的鼓舞，也是生涯創作規劃中的一個新起點。

現代詩組第二名

鏡子裏的黥面◎董秉哲

高溫的氤氳
在浴室裏
洗出兩種顏色
抹去鏡面一段霧白
是燙開宿醉後
的紅通
在那張不脫泰雅的臉

塌了一頭　髮廊設計的流行
都市裏盡是算計
選擇墮入糜爛
也扛不起那片燈紅酒綠
被現實的黑巫術
矇住了雙眼

啊　是一陣酒醒後的茫然

卡雅魯記起臨走前的
最後一口小米酒
整個陶甕的鄉味四溢
重新濃辣了舌根

灌注著洗手檯　不停地在
激盪濁水溪的呼喚
積滿了甘甜
腦海的傳說殘塊
依循祖靈的力量
拼湊起來

他摸了摸臉
又背負起祖訓的吶喊
族人的期盼和母親的淚
引出父親那把　沾滿
鐵銹的獵刀
它正在對剩餘的野性

說著山林的路
也就看到了部落

望著鏡子裏的自己
臉頰浮現藏青色的印記
那是莫那魯道的黥面
彎成山腹間
的虹橋　只有勇者
才能走過

抓住懸在胸前那顆
牙狀墜子　戳開
一個傷口
放掉不純粹的血
然後像他名字底的意義
天　總會悄悄地在雨後
開出蔚藍

董秉哲，筆名達瑞，1979年份的男子，台北血液，天秤性格。現讀真理大學台灣文學系四年級。在淡水的海岸學期內，受到白靈老師與向陽老師影響，讓我膩在堤岸邊，迎過洶湧詩浪，於是開始嘗試創作。寫詩的日子比一年多些，還挺樂的，總之是想為自己悶得緊的日子，吐口氣。

現代詩組第三名

流動◎洪明宏

兩萬頭麋鹿跑了三千公里，才將身上的寒意抖落
鹿群踏過春風拂臨的冰，水滴自冰縫滲出
從進口冰川水瓶身向地心墜落
水滴撞擊桌面，發出沈默雷鳴

濺起的水花在電視前漫舞
小小方框住著一尾吸血彩蛇
吐著虹影般蛇信等待被魅惑的眼睛靠近
瞬間竄入瞳孔將繆思緊緊纏勒，囓吸她枯黃的記憶
留下乾涸空白的眼神
繆思因此罹患後天惡性循環貧血症

濺起的水花在男子臉龐綻放
他觀看動物頻道大啖煙燻鹿肉

善奔的野鹿不及他咀嚼的速度
三兩口就落後至幽暗的食道，老虎卻已在胃中埋伏
早到的雞鴨牛羊，飢餓地沿著全身血管來回衝撞
在各處臟腑吵鬧爭食，剛出爐的解僱通知單
他隱約感到體內升起一股
盲目而絕望的憤怒

濺起的水花沁入女子的夢中
她被風吹起，飄入以晚禮服、珠寶和讚美構築的宅第
彩蛇鑽進她的心房取暖
陌生的貴族手捧玫瑰花束邀舞
童年與老朽共坐在雲霄飛車衝上天際
曾經遠離的男子回來懺悔並殷勤擁抱
迎面襲來的記憶快速將身體溶化
她拾起銅鏡，瞥見無數個自己同在造夢

濺起的水花浸溼報紙
將明星緋聞、政治內幕和商業廣告黏住
科技產品、社會文藝報導沾上災難新聞的字跡
報紙承受不住自身的重量，壓破桌面掉入垃圾筒

躁鬱的文字彼此嘶吼叫囂
與其他被棄置的慾望散發衰敗的腥味
隨著氣流擴散至街道
充斥這座熱烈而冰冷的城市

濺起的水花滴落河面
水聲自喇叭轟然鳴響，鹿群倏然自螢幕躍出
在男女身畔安靜地臥著，輕詠大地之母的牧歌
暗夜被歌聲微微點亮，天空下起月光雨
城市的腐味暫時被沖入地底
淡藍色水滴在每個恐懼的夢境開出花朵
旋又瞬間穿透，奔向那
凝視萬物的眼睛

1969年生。華夏工專化工科畢業，世界新聞傳播學院廣電系畢業。華夏工專校內徵文現代詩首獎，世界新聞傳播學院文學社團徵文現代詩首獎。曾參加中國青年寫作協會小說班、現代詩創作班。

第三屆乾坤詩獎

現代詩組首獎

議逝流◎陳大中

議逝流（關於諸等妄念）
想說的話很多。氤啞喉聾，
獐口結蛇，論述這個嚴肅的議題：
返鄉。穿過路的很遠，搭乘
列車吞食鐵軌（並且排泄。我不說
『列車拉長鐵軌』因為太多人都這樣子說ㄌ不過ㄊ確實拉ㄌ狠常ㄉ
便便）像一ㄓ我ㄇ寵匿ㄏ護ㄉ蠶ㄅㄅ
既吃則吃隨吃隨拉我在它體內品嚐
風景和多種口味的車站：既過
則過隨過隨忘隨忘隨忘如我
翻過的書頁（翻開，再翻開；我們總數不清
列車有幾劫車廂）。想認識的人每在
路燈。路燈。路燈的距離。距離。距離。

之外（我們走在不同的街道），穿過
路的很遠真能到達彼方麼？我恐怕
還要五世結才能彈一敞真正的戀愛ㄓㄓㄉㄌㄞ
（只知等淚哀？）寄彼遠兮，
逍遙無知。所以我單純的留
在我的鄙方。矜持把守隔著
路燈。路燈。路燈的距離。距離。距離
之外（ㄨㄇㄗㄗㄅㄊㄉㄐㄉ），我們像路燈
互相孤立，互相照明，互相等待，互相
車站般由旅客票根認知彼此的存在數數
經過的列車。一條路以及好幾條路從我們面前流過從
我們身後流過好幾條路以及一條路不靠近隨過則過，隨忘
，隨忘則忘。隨便。逛街購物出門回家
噓讕打誑而且記得嗎從年紀小小便一直
不斷羨慕人家：『好好ㄛ！……』然後
羨慕人家然後偶爾想想真的，想要什麼。
這樣（雖然我美美遲到）構思自我；
打個比方（設個癖）：
返鄉。穿過路的很遠，搭乘

也許下次是隨意跳表的繼承車。

註：

關於混雜注音的部分，被稱之為「注音文」；主要是因為網路打字（注意輸入法）的懶惰而開始被使用。首先使用「注意文」的人（那些人）應該是從「ㄉ」（代替「的」等字）「ㄅ」（代替「寶」等字）「ㄇ」（代替「們」等字），「ㄝ」表「耶」，「ㄟ」表其音，以及「ㄛ」、「ㄡ」、「ㄣ」這些由於「不選字」造成的狀況，這些東西開始用起所謂注音文的吧。不過以上都是我的推測，它的出生，被大量使用，被討厭，被爭論，或是被喜愛，我都不清楚了。

陳大中，1983年生於新竹市。曾獲第三屆東華文學獎新詩佳作。現就讀於東華大學中文系。

現代詩組第二名

達瑪巒的雨季◎張葦菱

1

我的錶走進了雨季

秒針已經刷了一夜的雨
傘還在南台灣撐下不完的陽光
大甲溪錯過了復興號通往基隆的列車
魚缸裡的小金魚涉嫌游入我的書包
把生活週記裡的晴天都偷走了
我的鉛筆盒裡有幾顆魚飼料
偽裝成受潮的王子麵
和老是擦不乾水漬的橡皮擦
躺成了我的童年

2

在雨中遇見一雙熟悉的鞋
但是腳卻不是你的

所有的溪都站了起來
為了大聲地喧嘩成瀑
一朵堅持黑去的雲不斷地長大
速度超過生日剛許下的願望
我試著蹲在海上
搬開每一張天空溺死的臉
向魚打聽落日的消息
但你喊我的口音，已經失傳

3

大雨淹沒了我的軀體

心臟滾滾蕩開的漣漪
最後都乾成了年輪
用落葉將自己拼成一棵枯萎的樹

蟄伏地心的蟬蛹，拋出夏天
夜裡著涼的部落咳出檳榔
垂我一身的血
VU VU綻放的紅嘴巴，開在霧理
教堂裡的禱辭播放著星期日
將靈魂阿門得更濕了

4

我們的唇總是一錯再錯
喚醒記憶中的噩夢

吸入的空氣
有一隊螞蟻爬過
酒剛好喝下一條微笑的蛇
寂靜能佔據幾座山頭，安置飛鳥
時間的長廊荒涼如獵人微禿的前額
你將箭矢重新射入胸中
流出的月光讓海洋再度
斟滿鄉愁

5

暴雨萎縮成一滴肥胖的露
孵出陽光
錶也很累了，不停的想走開
每一朵花都為了開成耳，留
住春天的聲音
而流星般地殞落
你終究躺成五線譜上
我再也唱不上去的那個高音
於是我將手折成一隻風箏
用優柔的長髮繫住
寡斷的一生

註：達瑪巒：布農族部落名，位於南投信義鄉。

張葦菱，筆名然靈，1979年8月生於雨城基隆，也在台中清水小鎮的光河中長大；靜宜中文系畢，好詩畫、踩著自然的足印去流浪；渴望可以當一個走風的人，在山林裡奔跑成一生。

現代詩組第三名

一樣蒼茫◎王昌煥

就是這樣
逢大雨　亂水的音節必然草莽
土石趁勢　一路流竄
四分陰險　六分瘋狂
十足流寇的性格
像大爬蟲
早在綠林裡練就了一身惡膽
暴戾的嗄音富含銅質的勁道
私藏萬年的臂力把群山
摔個稀爛
你也聽說
去年眼角的鹽分剛剛結晶
今年的眼淚就再度受孕　在風雨中
水里鄉的水裡　窩藏人們半輩子的血汗

神木村的神木　在山下排成橫死的陣仗
信義鄉的信義　據說　隨著粗糙的大悲咒
一路超渡往生的籍貫
或許　你和我們的長老一樣
質疑已經使用過度
焦慮也有彈性疲乏的現象
並且一度相信這可能是山神的
基本教義

你可能不知道
總是要在一陣土石的狂草過後
老天才會派遣懦弱的陽光
清點潮濕的翅膀
在頹廢的山谷
我高踞的視野無枝可棲
冷冽的瞳眸　悄悄地
長出一層寒霜
凍眉間的縐摺仿效骨折的年輪　每年每年
歪斜地牛長

你可曾知道

我一家老小只能將眼球漲大到發酸的直徑

沿著記憶的細繩

攀尋窩巢的背影

結果　必然在下游尋獲可供八輩子使用的

斷木　殘枝

耳朵隨意撒網

還可網到千萬隻迷路的青蛙放肆的囂張

捧著月光看

這幅野生的潑墨畫

皴法草草

展開來即是渾沌時期的浩瀚

頭上

腳下

一樣蒼茫

王昌煥，政大企管學士、政大中文碩士。曾用心於書藝，歷任慈濟、佛光山分寺、勝大莊、政大、北大書法指導老師；後集聚心力，投身於現代文學之創作、研究及教學，發表相關文章及論述數十篇。曾獲行政院休閒徵文大專組第一名、教育部心靈改革徵文社會組第一名、臺灣省政府新聞處散文獎、全國教師徵文獎、香港青年文學獎散文推發表獎、公車捷運新詩創作。

現代詩組佳作

夏夜過晴◎江凌青

曾經裝恐龍玩具的三疊紀、白堊紀與侏儸紀，被埋入
資源回收桶裡。純粹的輪迴，是否只是二手市場裡冷漠的叫價
何時拖吊佔據停車位的陳舊童年？
你交出鑰匙，從此換不回那隻斷腿的小錫兵
你撐起雨傘，對雨水書寫的情書
特別敏感。

遠方內向的星群們，以發現者的家族姓氏命名
路邊野生的孔雀，以開屏的次數虧耗著生命
沿著指標坐上捷運的人們，以每月使用雨傘的機率譜詞寫曲
路邊的葡萄藤初次淚水漣落
岸邊的小艇初之為自己的倒影感到怦然心動
扯下附身多年的封條，白鍵與黑鍵開始
私通。她們耳語著：「每個音符都是珍藏密歛的咖啡豆……」

沒有一條真正的河流願意通過攝影棚，因為
那裡沒有真正的雨。而你，即使被青蛙們吹捧為射下星星的人
即使願意蒐集葉緣盈溢的露珠和杯壁的冷汗
也無能杜撰雨之身世
那極機密，為了防止人們輕率地下載
假使你渴望聆聽，並且從黑市購得破解密碼
拆封後，卻只找到一張空頭支票。看不見
無價的雨——因為你依舊定居於攝影棚裡

你穿越了剪接中的影片、蛀牙的膠卷
為了電影中段的那一次熱吻重覆倒帶
還有什麼沒被你拿去抵押？錄影帶裡的愛侶
即將在片尾曲前戴上純金婚戒
你覬覦著，看準時機將手伸入電視螢幕裡
卻只勾到了一兩句折損的誓言
以及白底黑字的演員名單

末班列車過站，你殷殷盼望的
夏夜陣雨也尚未光臨——此地

過度晴天。你失去吞嚥口水之能力
卻意外發現：汗水似乎試圖給予
電視節目表上沒有載明的精采預告：今晚九點，敬請鎖定
在速食店裡你拿出香菸，沒有點燃
看見對街——於你撥弄打火機的瞬間
有人在這乾燥的夏夜裡撐開一把美麗的傘彷彿撐起了一整片星空

你咬著煙，想起自己曾在一幅畫布前咬著
沾上油彩的筆。然後，你推開門進入這個
過晴之夜——撐傘的人轉入一條防火巷
傘依舊撐著，彷彿那是燈塔是火把
傘依舊撐著，他發上了階梯
你一路尾隨。忽然想起：後來畫在就那樣蒼白著
直到灰塵被監視錄影

江凌青，1983年生，台師大美術系及西洋美術史研究所畢業。2009年初考取教育部公費留學英國萊斯特大學，攻讀美術與電影史博士。曾獲全國學生文學獎新詩第二名、國防部文藝金像獎新詩首獎及時報文學獎，台北、台中文學獎、梁實秋文學獎等。出版《男孩公寓》（寶瓶）。現任聯合文學、藝術家雜誌駐英國特派員。

現代詩組佳作

鞋櫥記憶◎魏崇益

我們蜷伏於燈火深處
只為尋找一朵字魂
鐫刻自己的鞋印
如一盞曇花
只眷戀月光的溫度
綻放所有昨日

在日光大道展覽意象
潛入北風挑撥的冷冽
只為凝鍊一行詩句
這是一趟未竟之渡
通過隱晦的峽穀
在小小斗室探索青春故事
光影安靜停駐窗前

滋養風中搖曳的綠芽

和平東路的車潮轟隆而過
早已輾碎我們的笑話
以及一句白千層般的爭辯
擄滿門口各樣的鞋
當初以為能夠封鎖
整條嘈雜的市街

夕陽之外
逆光的背還熱熨著
我的心是一枝筆
字跡逐漸模糊
留言本兀自喧鬧
蠹蟲爬過西窗
啃食最後一塊紙片
群鴿四散之後
哀默像雨一般降了下來

陰溼的地板拓上鮮明足印
我們繼續書寫
在有霧的黎明
與麻雀一同撿啄詞彙
轉彎，在記憶的涯岸
讓所有足音都留給時間
圈點眉批

註：師大寫作協會，簡稱「寫協」，音似「鞋鞋」，即將離開社辦這個鞋櫥，以此詩拓印記憶。

魏崇益，1982年生，目前就讀國立台灣師範大學數學系。

現代詩組佳作

阿公的夢◎漢駱

阿公的夢像張柳安木做的
屋裡屋外，搬來搬去
經歷人世間
炎涼的風拍雨洗
容易無奈的變形

阿公的？像張道地的長板凳
阿嬤手中的皮尺東丈量、西丈量
手腳就是比不上
日本軍機掃射的子彈
未來還沒抓出個數，自己就先遠行

阿公的萬睡在窄窄的長板凳上
早早起床收拾，把囈語通通收藏

至於佃農昨晚翻身是否摔到地上
恐怕只有田埂的露水
握著他的腳踝時感覺得到

夢在長板凳上，長板凳睡在蔗田裡
阿公的夢被地主高大的甘蔗包圍
被長長的蔗葉淹沒
連採三天的豐收，手裡把著甘蔗
甜味怎麼也到不了阿公的嘴角

幸好是木頭做的，阿公的夢漂浮起來
八月七號是一定要過的，大水倒不一
定要淹過來
等水退，等整晚的恐慌爬下屋頂
得趕快跑去哄一哄
免得新租來的土地被嚇得變了臉，不
　願認得他的長相

阿公的夢整齊的貢祀在長板凳上
三住香煙牽引著阿公的眼神，裊裊上升

白煙不知道什麼時辰？到達玉皇大帝的宮殿
好讓鍋中的白米
長得比漆黑的蕃薯簽茂密

阿公的夢怕火，但懷著幾卷連珠砲
「阿祖」的封號是種人生普世的晉級
只怪牽線的紅娘，不知道把孫子的紅線丟到哪裡
鞭炮什麼時候可以點著
什麼時候可以熱鬧地吵一吵村頭路尾

阿公的夢離開了長板凳
顯得有點破碎
骨灰罈內是否還有風雨？是否使得它的木質紋路再度扭曲？
都已經比不上，爬高一點
在靈骨塔上
繼續瞭望嘉南平原的風向來得重要

陳崑榮，筆名漢駱。1967年生，台灣雲林人。台北市立師專、花蓮師範學院畢業。現任教職。曾獲耕莘文學獎、優秀青年詩人獎、吳濁流文學獎。詩作入選：耕莘詩選、秋水詩選、年度詩選。詩作尚未集結。

第四屆乾坤詩獎

現代詩組首獎

午夜之風◎劉洪順

每晚，父親沿著燭火幽的酒甕底爬回床上睡覺，母親在浴室唱歌抽胸肪，妹妹抱起一盆淚，捧進電話筒內殉情，我漂浮在水藻低吟的黑闇溝渠，用寂靜的齒輪呼吸

我是標本我是活化石，掀起粉筆會溶解的冰，站在升旗台上沒有影子的小蚱蜢，背一頁現代史令我骨折，抄一行英文叫親愛的耶穌休克。制服恨我鞭子疼我，教官免費修理我；我是焚書坑儒的烈士，日掃茅廁、夜翻圍牆

垂下謙卑的頭顱，我用脊背凝視世界；地球太燙，我化為彎曲大樹向天空乞討雨水。沒有柺杖沒有朋友和慈悲的手，沒有生日舞會與驚喜，我是命運拼壞的玩具，既駝又跛的侏儒，左腳踩著殘破月光，右腳踏著恥辱人生

包裹掛號到宅配快遞非常快遞，我很快可是我很窮我輸送愛意和飛翔的語言，絲襪針孔光碟婚戒訃文，名字卻恆被遺忘。我從條紋制服中蒸發，靈魂穿越怒吼的機車鐵輪，向神索討一份名之為「人性尊嚴」的快遞包裹

誕生在金庫，約會吃飯開坦克打架帶法官，我的姓氏坐在雲端遺產比火車還長。我比老虎凶跟比毒蛇冷酷，比鏡框更憎恨鏡子比鬼更厭棄自己，啊誰來救我脫離這可厭的人生！我願意和一名乞丐交換身分……

捕獵季節來到，沉睡的人哪！掩起你的窗帷，收起陽台上的濕衣，我們是黑夜五天使，從星辰墜毀的天隅騎著骷髏馬噱笑而來；我們用酒精火燄撒種，用鐮刀收割歡笑，用飛馳的鐵輪耕耘被不義的螻蟻們占領的街衢天橋用失控的極速衝撞永生之門。黃昏降臨，我們以白布蒙面，探棍蹲在傾斜的落日上歌唱；黑夜逝去，我們嘯聚在頭盔中放煙火，羞恥陪黑夜與墮落之城一同死亡……

我們仇視消音器，熱愛打雷甚至於接吻，痛飲快感緝捕青春揮霍鮮血。我們是午夜逃逸的遊魂、徘徊在人類夢境的風聲，我們是刀鋒上的舞踊、那未開時估萎的開口

我們是我們是……然而我們什麼也不是，除了一群飆車少年，除了隔日報上的蒼白血花，和迷失在午夜深心處，激亢又咆哮的笑……

劉洪順，筆名滄浪雲棲，著有《古相思曲》、《愛情辭典》、《心靈博物館》等詩文集10種。「文心會」寫作樓創辦人。

現代詩組第二名

車過花蓮◎林達陽

那人背對晨曦睡著，夢是神秘的
以呼息調整群山的被褥，萬噸之霧
飛昇，輕輕光影，投射隱約的方位
車過花蓮，九號公路南朳，或北迴鐵道
與回歸線永恆穿越的軌跡趨近、相蹭
擦傷的緯線紛紛然流出立霧溪
凝神收攏，向海

我記得那種溫柔的腥味，多風且飽滿
濕鹹的海，循經脈之流在我體內成形
攀升又低迴，以鮮熱之血，或淚眼
雲霓掠過我的眉睫翻飛而去，驚動潮線
驚動群鷗拖曳我沉重的想像撲翅
濺起水光，在未成型的詩想間排練喻指

一些快速閃爍、移動的觀點撞擊碓岩
催促神祇挪動巨大的掌，運算天地之機
推衍漁汛的辯詰，漁獲的證驗

猶有風繫著，車過花蓮
旅程如海浪在不可知的未來深處
醞釀，漩渦收斂，使時間壓縮山的稜線
使嚴謹的片麻岩從山脈旁支低調伸出，沒入海
在聲浪的沖蝕中記載時代多重的節理
其內猶有物種紛紛鑽鑿著新的裂良
垂直與垂直交錯，親密又疏離的相生
一些幽微的交談與回聲溺於潮水
一些情緒，一些細節
在波紋間彼此編寫

車過花蓮，日光自左窗投入
那人背對晨曦睡著，夢被洩漏
體溫從晦暗的右窗蒸散了，如此神祕的
有風在各種理論的支持下憤怒吹動
堤岸之側，連帶宿夜大霧的蹤跡

老街燈疲憊地褪色著，在市聲之間
幾乎被港外嘹喨的船鳴吹滅

林達陽，現就讀東華大學創作與英語文學研究所。曾獲宗教文學獎，彭邦楨詩獎等。經營個人新聞台「南方亭午」。

現代詩組第三名

政客四診◎莫傑

〈望〉

你微笑，在銳利的魚尾之前
眼光停在路上閃燈
堆沙堡的手不得不把良心捂住
頭上乾黃的稻草指向落日

失去海洋的鮪魚肚呆坐在藤椅上
謊言慢慢長成舌上的膩苔

而五色輪流上演的肥皂劇
在你臉上，失寵嚴重的早衰
髮根開始小雪

〈聞〉

震震厥詞如此宏亮
挾帶土石流滅頂

你輾過柏油路的顛簸氣粗
正義咳嗽聲嘎然響起

鹹魚吐出一口痰
伴奏低沉綿長的呃聲

濺濕上衣的口水與汗漬
用煙硝裝飾一場大霧
香氣在鮑魚之間

〈悶〉

你說外熱內冷的夾心難受
夢醒總被汗水洗劫一身
大頭之後併發瞬間暈眩後遺症

茅房的距離不能慢於兩根菸
甜食是蜜語不可少的營養

胸口不時會有亂石崩塌
鏡頭前會不定時重聽眼矇
然而吃再多油水依舊很渴
結果白天比夜晚容易入睡

〈切〉

三指輕壓你伸出的寸脈
許多贊助者的名字載浮載沉
承諾的回音或虛或實
起伏在群眾的聲浪之中

手足背後的熱切
胸有硬壘卻腹壁虛冷

按訪你身上的穴位
唉聲尖叫不斷

許多許多鬼正慶幸找到最佳宿主

莫　傑，本名曹明傑，淡大化工系畢業，從事相關工作。曾獲詩路1999年度詩選等。

現代詩組佳作

回家◎黑俠

如果酒瓶能安撫你的靈魂
如果瓶蓋打開打開再打開
瓶口流出的，會是一再茫然的大海嗎？
你意識猶醒的船，其實是一葉飄飄然的床
吐著卅年的老煙
你初次踏上流浪的陸地
那是淚珠和黑夜特別情商的
假期三天二夜

遊輪掙開岸的枷鎖
樂團立在甲板敲醒酒杯
成串發光的玻璃聲刻意讓你的微笑安靜
你看見默片的對話，你看見
船首緩緩前行，灰色思緒倒退

空曠的甲板上
悲歡與離合在月光下共舞
航行中的節速你輕輕地
放慢——呼，吸

雞籠嶼之後是彭佳嶼
之前是和平島，你的背影看不見
我拚命吹著哨聲
像遇見緊抓不放的偷渡客
你留在台北街道的眼角
躲在暗處又溼又冷
那是你聽見妻小的失聲如洶湧波濤
你什麼也不說
祇是瞇著遠方搖擺的
燭光，搖擺遠方

如果刪節號的雨勢要來
運命的輪盤不再繼續滾動數字
黑暗要希望掏光口袋
譬如回到病榻前回到看護的護欄，掛著

衣架，排著一袋不浪費的流質歲月
譬如你嘗試翻身的掌心
握有億萬條
鬆開的
白浪
譬如，海水讓路
星星俯視你的音量
特別響亮

黑　俠，本名林啓瑞，現官拜中校，詩作後見台灣詩學及台灣日報、青年日報等副刊。

現代詩組佳作

一稈藺香◎藺奕

苑裡婦，一何工，不事桑蠶廢女工。
十指纖纖日作苦，得資藉以奉翁姑；
食不知味夢不酣，人重生女不生男；
生男管向浮梁去，生女朝朝奉旨甘；
今日不完明日織，明日不完織之外；
君不見千條萬縷起花紋，織成費盡美人心。

——《苑裡歌謠》

凝睇遼敻的海口
阿嬤的歌囈聲，漫過藺草帽檐足脛
使用一種被鞣皮軍靴無數次踐踏後
才錯落荒板的狹仄音律
六十年前，阿公縝密的腳印滅失在日本製腳鐐下
從此，阿嬤總以斷炊似的視線

曝曬在那條輕描水脈的藍色涼蓆上
日復一日，阿嬤的歌囈聲牢牢絹印在我心房
於是我試圖牙牙
舌在口腔中似藺草編般翻、勒、剝、揉、攪
嘗試柔軟，輕抵上顎
客家母語幾經迂迴、哼放出聲：
「阿嬤！可不可以教我把歌詞一字一字寫下來？」
她頸項低俯呈現一種沉默線條
原來驚人貧乏的文字典譜
裸露在紅腫發疼的牙床上
就像每年夏天在水田中蜿蜒開展的苑裡藺
挺立的禾桿
埋藏日據時代被遺棄的單子葉氏族
任由歷史的信風編織成堰塞的崢嶸氣節
上一季夏天
當一稈稈三角藺蓬鬆成一頂遮蔭的媒材
我彳亍在祭壇等高線的乾草堆中
竟忽然辨析阿嬤龜裂的歌囈聲
漸次合攏成一蕊蕊心部的方塊字辭
於是我不由自主跟著牙牙

客家母語含在口腔內
似藺草編般翻、勒、剝、揉、攪
迂迴練習、終至放聲：
「阿嬤！我知道該怎麼使用母語文字表達了！」
瞬間，我感覺阿嬤佇在水田
暴露出完美的頸項弧線
像少女般頷笑浣髮
她合掌撫搓髮絲的節拍
收割成落籍在我指腹之間
揉捻藺草編的最佳韻腳
接草、編花、摺邊成一張耐旱的涼蓆
似萬千芥彌的清涼
吸盡歷史掌心每條脈絡溝的殘留手汗

藺　奕，畢業於美國北卡羅萊納大學企管MBA，任職金融業。

現代詩組佳作

在我們生活的時光以外

——紀念於南亞大海嘯中不幸罹難的人們◎天空魚

你們還記得嗎　那一大片孤獨的海
曾經橫亙在我們內心的　曾經被時光
以憂傷書寫而成的　淚水與記憶的斷層中
是誰正在反覆挖掘　一具具
靈魂的遺跡　像曾經繁華盛開
卻無法居住的島嶼

你們有沒有怨恨　有沒有
向天上那些無知的神　訴說情感與生命的良善
你們還懷念著每一個昨天嗎
像那朵來不及澆水的花
或者一封來不及寫的信

你們還輕盈得　足以漂浮在淹沒這一切的
罪之上嗎　仍舊背負著前世愛人的梳妝台
與孩子大玩偶的靈魂啊　心中的傷口會慢慢癒合嗎
就像裸露在胸膛上的礁岩　終有一天
也要長出柔軟的海草來覆蓋

你們會不會像童話般
為了我們的苦痛與信仰
拚命長出翅膀　飛向幸福的天堂
又或者在我們生活的時光之外
（那是人間的語言所無法描述的地方嗎）
再一次著陸　且剪斷翅膀
在另一座島嶼即將毀滅以前
當個不認識自己的陌生人
生活著　在現實依舊存在的遠方

上班的途中　偶爾
你們也會像我們隨身攜帶著
日子的陽光以及陰影　攜帶著
愛（恨）與諒解（不諒解）的水母群

穿越寧靜的海平面　穿越所有曾被洪水淹沒的城市
輕盪在所有疲憊的目光中嗎

天空魚，本名甘子建，1979年生於台南；國小教師，曾獲時報文學獎新詩首獎等多種詩獎，出版數本詩集。

第三輯

世纪之初

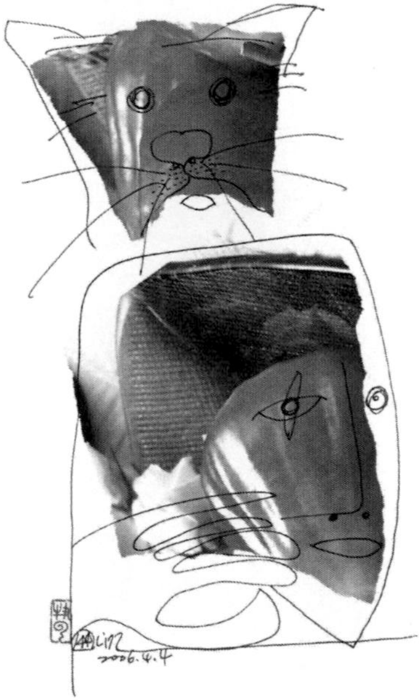

爬格子

丁文智

我日夜努力不懈的爬格子
頑皮的字體
總想盡辦法捉弄你

先是一腳高一腳底的那種悄然
然後大著膽的手牽手
一起　向格子外爬

似乎
再也圈不住
如同被時間偷走了的自己

讓你更為難堪的是
一　出格框式的竹籬笆
就回頭給你一個冷不唧的笑

意思是說
看看你們這些令人敬而不敏的愛好者
這算哪門子的至死不休

我的愛貓——王凱蒂

大蒙

被每一個晨間輕輕的吻喚醒
凱蒂，妳那女性的鬍子
的撩撥　是多麼準時的
把東邊的天空破白喲！

受用妳鉤刺的舌尖
舔舐
犯罪般　惺忪地起身
酬妳一碟貓食

正是無憂　娉婷少女的年紀
妳來不及初開情竇
就告別了卵巢和子宮
猶憶冰冷冷的手術
在如雪肌腹上寫一道椎心的刺痛
當所有愛情被取走
妳就終身不能嫁了

妳必曾恨我
當時妳緊閉的眼眶裡住著
懼怕、疼痛和血紗的陰影
整整一個星期
那不食不飲不眠不動的
雖然是妳　其實是我
凱蒂呀！……

當然　傷口總會癒合的
如同白日被時光遺忘在從前
只是妳佇立窗檯的哲思
卻永遠找不到出口了
夜晚，遠方有野貓子春意的叫喚
妳驚閃的眸子，莫名其妙
質疑著自己血液裡
隱隱搏動的遙遠本能

天空終於全亮
我們慣例的共同作息
悠忽忽又翻過一頁

刷牙　洗臉　剃鬚
撓抓　伸腰　舔毛
緊隨天光　日復一日
消受那不識繾綣的悵惘

光陰一時走遠必會回來
且莫自憐 凱蒂！
貓瞳一般的人生，一年過去
將有更好的一年

妳應該這般的雨

山貓安琪

雨啊
妳離河床的體液真近
少女蒼白的臉與頭顱散落發出鸚鵡聲
一絲絲明明是許多想離開風吹草動的髮
妳怎叫她是叫她是樹給了種子之後
想勒死土粒粒憂鬱的舌尖呢
體液是熱的躲開妳
只有蛻去皮的動物才能經過妳

那些過度握手親熱
而指節突起青筋的山崖和谷底
嘴角抿成失望的線條
日子崩落的又是日子
說好要舉起整座淡水刷過的山
總得讓一道滑順的夢夠滂沱
沿著妳的手臂刮出海走過的礫灘

總得讓死去的鯨屍用龐大的油脂撬開妳的眼睛
在已老的女子夢裏滋潤裂開的醒來
進來的蛙多數不知自己的身體得跳躍多久
也不知鳴聲在何處不會遇見蛇
有時他們就眼睜睜地看著自己化成浮游生物
流過鯨的嘴
然後還活著的朝妳飛奔而來的動物
正在濺起人形的乾渴
魚群也紛紛躍起成為張口無語的化石
那些情夠深的井嘴張著
永不閉闔地迎接妳沉迷的傷神
質疑他們都不適合鹹的海岸
還有所謂的應該與不變的愛的水分

山貓安琪，本名江育珊，舊名江幸君，作品曾獲教育部文藝創作獎優選、台中縣文學獎首獎、洪醒夫文學獎、林榮三文學獎小說獎三獎、梁實秋文學獎及吳濁流文藝獎等。新詩散見於中時人間副刊、自由時報副刊、乾坤詩刊等。

小麻雀・兒童組詩

木焱

1.

小麻雀
啾啾啾
在五線譜上作曲

一隻烏鴉
呀呀呀
破壞了旋律

2.

小麻雀
飛進芒果樹裡
唱讚歌

果樹高興地
送給大家
一粒甜芒果

3.

小麻雀
認識新朋友

啾啾啾你是誰
啾啾啾我是我

大家一塊兒飛
去花叢唱KTV

4.

小麻雀
上陽台

偷看電視
下不來

5.

小麻雀
不想飛

牠想用雙腳
在世界上跳

牠想留下足跡
用腳　走出一條路

6.

小麻雀
今天得考試

否則
當不成飛機師

7.

小麻雀
上澡堂

洗洗頭兒
刷刷羽毛

你幫我啊
我幫你

還有哪裡
洗不乾淨

到下一個垃圾桶蓋
再來洗

木　焱，無國籍詩人，永遠書寫著另一個人，潛在體內，伺機把火撲滅，卻又自然成癮，燒出《秘密寫詩》、《NO》、《毛毛之書》、《台北》、《我曾朗誦你》，即將出版《里爾克的肖像流浪》和《聽寫詩人》。

街燈

王天祥

烈日黯然退場
狂妄的蟬聲失去了依靠
殘存枝上薄衣
山風隨著樹梢呼吸
也終於換得一身清涼
雲霧瀰漫
還有微波盪漾
街燈
慢慢的
三三兩兩的醒了過來

王天祥，1968年生於台北。中國醫藥學院醫學系畢業，服務於台北榮民總醫院整形外科，並在國立中央大學機械工程研究所博士班研究。喜歡旅遊、音樂、文學與電影。

命名

王宗仁

寫真圖片還在電腦螢幕上晃蕩，但我已不確定究竟那是肉體的林志玲，還是昨夜妳被掘鬆後的吊襪、衣領。

脖子之上，可能仍需以中產階級的智識繼續解讀，以下則確定是無產的慾望；兩副軀體繼續在黑夜中交纏前行，比起賓拉登，我們更適合以爆炸來作為註解。

但，我害怕所有關於忠誠的議題，害怕我對愛情忠誠，更害怕妳對流行忠誠，因為這座城市仍是那麼的陳冠希。

一切都還只是開始。無法遺忘上一次曾經多麼全心的投入，又被怎樣粗暴的罷黜；愛還很新，所以我仍未決定該如何為它命名。

王宗仁，從事文化工作，並擔任大學講師。曾獲台北文學獎、聯合報宗教文學獎、全國學生文學獎等獎項，並多次獲得國藝會補助；2011年甫獲散文詩集《新詩之為流行歌詞的100種必要》創作補助。著有散文詩集《象與像的臨界》（爾雅）等。

工人阿發想要愛

吳音寧

總以為末日將近
又過了千百年後的這個故事
延續舊時亂糟糟的場景，黃昏走入
送葬愛情的隊伍，撐花傘
跳猴舞，薄光穿透歷史
厚雲，布幕出萬頭鑽動的
地面剪影。嗩吶鑼鼓

（想不出啥米所在
乎我心內這麼大悲哀）

田裡翻鋤的、海上風浪的
山中奔跑吟唱的
通通都變成以錢計算
列隊通過人生塞車的路段
冒出下水道工人阿發忍者龜
年過三十仍然身陷
蟑螂懷孕、孑孓死水表面歡鬧的威脅底

挖不通，雄性激素
溫馨著陸的管道

（聽到笑聲
神經過敏走到眠床邊）

無處可躲的廣告
金髮美女岔開大腿環繞
0204、豆干厝、私娼寮
外籍新娘包裹郵寄
電線及網路纏綿的挑逗
婚姻的自由市場
沒錢娶不到老婆
忠厚老實更不如野狗

（可愛的大方的女孩
妳在哪裡？我熱切呼喚著太陽下妳的背影）

夾緊胯下轟隆隆
寂寞的身體

像有火車橫衝直撞
借問借問，哪裡有愛呦
不需要交際能力，不需要禮物聘金
不需要羞恥或偽裝，不需要
你惦惦我，我秤秤你
氣味對了直接上（一人出一樣
交歡來結合）。唉，下水道工人
阿發忍者龜又在挖夢
夢裡，他下跪請求土地憐憫
請求城市同情
這個微渺的人類啊
想要愛

註：括弧所引，出自「濁水溪公社」的台語歌〈加味人蔘姑嫂丸〉，作詞作曲是柯仁堅。

吳音寧，出生於濁水溪畔的村莊。著有：《蒙面叢林——探訪墨西哥查巴達民族解放軍》、《江湖在哪裡？》、《台灣農業觀察》、《危崖有花》等書。

使用者網誌關閉中

吳東晟

再見了，妳已關閉最後的呼吸
消失於城市的一方窗戶
告別恢恢的網路
再見了，妳已經決定登出
再來就是陌生的身分，隱姓埋名
到新的地方重新做人

我在搜尋引擎搜尋自己
在搜尋結果仍看到妳
仍有片言隻字與我有關
仍有動詞與名詞
再來化成刪節號，形容詞已消失
庫存頁面已消失

曾經妳敞開胸懷，容納天涯
但妳歸來，卻在鄰里沉匿

電腦那端勾選重重條件限制
妳已擺出嚴密的防禦姿勢
防衛腐臭的情愛，險惡的江湖
用最乾淨的方式靜默不語
我只是天涯的一小部分
薄弱的影子沾染妳的綈袍
妳撣撣灰塵，卻將我那部分一併抖掉

更小的網誌正在提倡耕讀生活
種豆南山下，采菊東籬下
每天都有來偷雞蛋的故人
說不上話的小學同學大方地出現
三不五時公告曖昧的心理測驗
天天看著越來越熟的ID
順著藤，猜想著，也許妳不太排斥這波潮流？
朋友的藤蔓牽往朋友的藤蔓
也許妳就近在三四重外的聚落

我已開始丈量遠近，不熟練地拿捏
點幾次滑鼠就到你家太不禮貌了嗎？
系統日日猜測我可能認識的人
也許妳就是我不認識的一個新名字

已經貼出去的日記，已經照出去的光
有一天我也會關閉網站嗎？

吳東晟，1977年生，臺中霧峰人。成大中文所博士生，成大、南實踐、嘉藥等校兼任講師。現為《乾坤詩刊》古典詩主編。古典詩作品曾獲教育部文藝創作獎、台北文學獎等。著有現代詩集《上帝的香煙》、古典詩集《愛悔集》。

宋尚緯，南華大學文學系三年級。已出版詩集《輪迴手札》；曾獲桃園縣青年文學獎新詩首獎、台積電文學獎新詩優勝獎、全國學生文學獎新詩佳作獎等。現為風球詩社社務委員。

若是到恆春

宋澤萊

若是到恆春
著愛落雨的時陣
罩霧的山崙
親像姑娘的溫純

若是到恆春
愛揀黃昏的時陣
你看海墘的晚雲
半天通紅像抹粉

若是到恆春
著愛好天的時陣
出帆的海船
有時駛遠有時近

若是到恆春

嘸免揀時陣

陳達的歌若唱起

一時消阮的心悶

宋澤萊，1952年生，本名廖偉竣，雲林二崙鄉人，台灣師範大學歷史系畢業。曾任教於彰化福興國中。獲吳三連文學獎、吳濁流文學獎、時報文學獎小說推薦獎、聯合報小說獎等獎項。創作以小說、論述為主，也有新詩及散文問世。他相當關注台灣本土意識及新文化的發展，有母語詩集《一枝煎匙》等，並參與創辦《台灣新文化》、《台灣新文學》、《台灣e文藝》等雜誌，成為台灣本土意識及新文化運動的重要旗手及理論奠基者。

行事曆

巫時

整齊的方格裡
盛裝各樣的顏色與記號
非常非常的固定除非
這時有雨

因此指針就凝固在
潦草的筆觸之下
我們相遇我們
安穩地前進
沒有任何巧克力的香氣

如果開始拿著花朵行走
如果圍巾攀附在脖子上
如果花謝了又開
如果有鳥飛遠又飛回來
如果衣服加厚或去除
如果有如果的規律

於是大家在城市裡都有著
一個位置
秩序藏在小冊子裡
藏在
秘密的路線上
習慣將成為規範除非
有雨

巫　時，巫師的巫，時間的時，著有詩集《厚嘴唇》。Pchome報台「背德的信仰」。

地圖

李長青

「好久不見……」

在一些神秘的場合，不斷想起彼此，錯綜紛雜的身世。

關於夢，關於荒涼的草原，關於不定時放牧草原的世界，關於世界的遷流與方位，關於累世，不斷失憶的，自己。

（暴風雨已經過去。我們仍為了沒充分想起對方而苦惱。）

「好久不見……」我對自己說。暴風雨已經過去了，你必然不再擔憂，不再感到孤寂，無論白晝黑夜。

我想起無數個沉默的片刻，你要我放下手中緊握的指南針，要我摺疊古典的星辰，收捲斑駁的地圖。

（我仍不斷想起，暴風雨已經過去了。我必然不再擔憂，不再感到孤寂，無論黑夜白晝。）

李長青，高雄出生，現居台中。台中師範學院特教系畢業，中興大學台文所碩士。《台文戰線》同仁，台灣文學藝術獨立聯盟成員，《笠》詩刊編委，靜宜大學台文學系兼任講師。曾獲吳濁流、聯合報、自由時報文學獎，鄭福田生態文學獎，文建會台灣文學獎，教育部台灣閩客語及文藝創作獎等。著有詩集《給世界的筆記》、《人生是電動玩具》、《江湖》、《落葉集》、《陪你回高雄》及繪本詩集《海少年》等。

流浪貓

李魁賢

托鉢僧一般
在不為人知的季節角落
暫且沉思未來的方向
在曲曲折折的陌生世界
保持鎮靜而又緊張的姿勢
面臨會不會有一個冷漠
而又幽靈般的影子前來施捨
老僧終於入定成為一根禪杖
頂天立地卻沒有指向
兩隻蝴蝶繞著枯立的禪杖
尋思飛行要用什麼比喻才好
流浪貓尾隨禪杖守著陽光
直到黑夜來臨一一變成石頭
這個象徵在禪宗成為一個疑案

李魁賢，從事詩創作逾半世紀，作品逾千首，獲吳濁流新詩獎、巫永福評論獎、賴和文學獎、榮後台灣詩獎、台灣新文學貢獻獎、吳三連獎文學獎、行政院文化獎，另獲韓國、印度、蒙古頒予多項國際詩獎。

三月三日天氣陰

沈嘉悅

大概什麼都想不起來。星球上的
最後寶物都拿光了，但是一切
像做夢的大魔王不到五分鐘
三種階段一次變身兩下死光
光，必殺光波花光了沒有
零錢去換一點可以吃
熱狗跟可樂。遊樂場只剩下
我們兩個還在迷宮盡頭卡關

那天我想不起來，天氣陰
三月三日天氣陰，心情還好
等等四點半喝牛奶看卡通
日記本寫完沒人看。「憂ㄩˋ的下午」
樓下有狗叫，我想吃
馬鈴薯。冰箱沒有冰
也沒有最新的什麼動物找媽媽
的劇情。我一直相信
只要關起來什麼就會發生吧

事情是這樣有一天午睡醒來牙齒痛然後
廁所燈關了雲很黑好像快要一閃一閃
打雷聲音大一個人在家魚缸的水沒換
（我呼ㄩ丶所有小朋友要記得刷牙不然會跟我一樣）
阿威騎腳踏車按電鈴好無聊來打球
可是我媽快回來了只能玩一下等等去你家
我想玩洛克人跟瑪莉兄弟好嗎

關於大魔王眼眶凹陷而且
他是外星人。外面沙沙響
有人打開什麼了不行啊走開再扣血
完了剩一滴掛掉差一點。三月三日
天氣陰午後雷陣雨「憂ㄩ丶的下午」我換零錢
等等今天換你請客我要喝梅子可樂不加冰

沈嘉悅，1984年出生，臺灣人。臺北出生，花蓮唸書，做兵待過屏東、高雄、台中、烏坵，退伍後到埔里工作，爾後又回到臺北，不知道這樣算哪裡人。與朋友創辦同人文藝刊物《吠》（免費取閱），以及《出詩》（一本沒有詩的詩刊）。

夏日午后三點

林立婕

「雨！雨！好大的雨！」
母親迅速將陽台上的衣服收起。

「魚？魚？好大的魚？」
貓咪先豎起耳朵望向窗外
然後很無奈地瞇起眼睛：
「你們人類真奇怪！」

林立婕，1974年生。輔仁大學中文系畢，現就讀國立臺北教育大學語文與創作學系研究所；曾任《林家詩叢》執行編輯；目前為補習班國文科任課教師。已出版詩集《我╳你》、《靡靡之音》、《櫻桃破》、《色難》四本詩集。

末日地窖

林明理

北極荒野上
那一片巨大冰堤
已消融了……
在繁星下悄然凝立的

幾座石山
和這一片枯林
都側耳傾聽
落葉窸窣的聲響

黑暗裡傳來野鳥
棲落架起的天梯
每朵雲，每顆星
每一個生物
香的花果，樹洞裡的蟲
都哼不出古老的歌謠……

鯨魚
被裂縫中的冰
一塊塊溶解
噴湧出一圈圈
內心的淚

北極熊的天空
變大了許多

望不到岸的
灰藍的淚海裡
只有浪花在沙灘
撿起
一顆與島嶼相連的
蚌殼

林明理，1961年生，雲林縣人，曾任屏東師院講師，現任中國文藝協會理事、中華民國新詩學會理事。著有《秋收的黃昏》、《夜櫻——詩畫集》、《新詩的意象與內涵》、《藝術與自然的融合——當代詩文評論集》、詩集《山楂樹》。

我們，一起閉上眼睛
——大屯山詩抄・之2

林煥彰

群山環抱，
躺在大屯山自然公園中的我和妳
和一草一木一花一石，環抱
抱我和妳環湖棧道，棧道環湖抱我抱我和妳

水草倒影
花樹倒影
飛鳥倒影
環山倒影
藍天倒影
白雲倒影
山嵐倒影

我和妳環抱大屯山自然公園
和一草一木一花一石；我環抱我和妳
和青山綠水白雲山嵐微風蟬鳴
環抱我和妳——

天空，閉上眼睛
群山，閉上眼睛
眾樹，閉上眼睛
夜，閉上眼睛
我，閉上眼睛
妳和我，閉上眼睛

我們，一起
閉上眼睛，
閉上眼睛……

（2009.08.18午夜. 研究苑／2010.06.05上午修訂）

殘酷劇場某個角色
——大度路

林婉瑜

亞陶（Antonin Artaud）提出「殘酷劇場」，認為語言只是身心的一部分，劇場應更深入肢體感官和精神面。

此夜
仍積極於204教室排練劇情
燈火通明映照心中沸騰及黯淡角落
翻滾，碰撞，跳躍企圖稍微
觸及藝術之奧義
激昂的台詞掩飾同時擴大我們
內在傷口
沒關係，還有充分能量可以痊癒
可受新的傷
不介意成為殘酷劇場某個角色

離開排練教室
關渡平原早已關燈闃暗
騎車急馳大度路——通往台北城之細長甬道

濕度飽足

氣溫偏低

思緒經常飛起

盤桓野草，稻田領空

因而產生淩駕一切的錯覺

掌控世界的錯覺

誤以為長路不會結束

青春不會結束

林婉瑜，1977年生，台中市人。曾獲台北文學年金、林榮三文學獎、www.poem.com.tw年度詩人等新詩獎項；出版兩部個人詩集：《剛剛發生的事》、《可能的花蜜》。

林群盛，1969年生於台北。劇作家、插畫家。曾於美日兩國留學，攻讀室內設計、音樂、電腦動畫等科系。著有《超時空時計資料節錄即聖紀豎琴座奧義傳說》、《超時空時計資料節錄即2星舞絃獨角獸神話憶》等詩集。

也許不那麼蘋果

林群盛

生日時爸送了些水果
我用來打電話給當季的男友們

也用水果在容易讓人誤會的街巷
灌溉些薄荷色的數字
四周的人不再迷惘甚至不會失戀

更多的人離開了車廂
灑出秋天被烤焦的味道
切記要站在香蕉色的線後面
捷運月台上有更多銀色的夏季風味

終於連電腦都只剩下
跟時尚一樣刺鼻的黑白色系
可能生不了氣
起碼還認得我手腕流出的這些
蘋果的顏色那些

看法練習

林德俊

抬頭看見
捷運車廂串起的項鍊掛在土地胸前發光

低頭看見
搬運時間的螞蟻用各種人生為城市塗鴉

晴天看見
七彩的風箏發起了搶救童年大作戰

雨天看見
積水用倒裝句說著高低起伏的建築

在一個詩隨時要袒胸露臀的國度
閉上眼會看見什麼？

林德俊，暱稱兔牙小熊，學生眼中的「小熊老師」。周遊在文學編輯、大學講師、專欄作家等多重身分，左手寫詩，右手寫評，大腦是怪念頭集中營。2010年創辦《詩評力》免費報。編有《保險箱裡的星星》（爾雅）等；著有《成人童詩》（九歌）、《樂善好詩》（遠景）、《遊戲把詩搞大了》（遠景）、《刪除的郵件》（海風）等。策劃多項不悶鍋文學創意展演，以進化版「行動書寫」開出臺灣詩壇新路。

歎三游洞

林錫嘉

一千二百年前
你們探筆下牢溪
蘸滿蒼翠峰巒
這一身瘦我
逐漸被圍困在
你們的華采之中

我已無筆
躲在你們的吟咏背後
把詩韻滲著酒香透入岩壁
古洞於是成了意遠之境

碑上字跡的千年日月
仍留有當年的酒漬容貌

註：一千二百年前，白居易、元稹、白行簡「前三游」，游宜昌古洞，飲酒吟詩。至今，古洞仍縈繞著他們的詩韻與酒香。2001年10月曾遊三游洞，乃成詩記之。

站在碑林前

讀罷白居易「三游洞序」

林錫嘉，1939年生，嘉義新港人。1965年開始寫詩，詩餘致力於現代散文文學運動。1981年開始首編台灣第一部「年度散文選」及現代散文寫作教學。現任新詩學會《詩報》季刊主編。

植抽

阿讓

從褲腳開始生長抽長抽芽
抵達髮梢抵達頭頂上的願望
我們學習容忍對話框冒出交響
在我們的面孔和另一個面孔中間
空白的位置

放棄補上筆劃挽救空白的念頭

煩惱一次神抽
準備好手掌上開放一場演習花火
那不會灼傷任何人
不會打斷任何一座樹木類比噴泉的動作
妳昨天扮演其中一座，妳今天扮演好另一座

阿　讓，本名林泰瑋，中國文化大學中文系畢業。現就讀國立教育大學藝術與藝術教育學系碩士班當代藝術理論組。曾任《乾坤》詩刊美術與企劃編輯、X19世界華文詩獎評審等。2006年獲優秀青年詩人獎。著有詩集《天氣預報》。

我射了，你爽了嗎

阿鈍

For you tell me how much death and suffrring Your victory over other gods will cost, how much suffering and death will be needed to justify the battles men will fight in Your name and mine....

——from "The Gospel Accroding to Jesus Christ' Jose Saramago

1

你知道我們的壕溝並不太寬
剛好容得下一整支軍團
枕著戰斧鼾睡到天明
容得下地底的黑色血液
黏膩地淌流，像記憶
流過月灣，澆灌過我們
最後的一棵樹，你記得它的根
曾經深入巴格達跟耶路撒冷
它的枝條曾經在倫敦和德勒斯登
開過花，而終於在紐約
結果，樹哪去了呢

我說：雲間的騷動你聽見了嗎
繁殖的季節，空氣裡瀰漫費洛蒙氣味
你看金屬鳥兒繞過三千匝
仍找不到神的巢穴

2

啾啾，你聽，如果不能做愛
（牠們交換密語）我們何不
更激更烈地做，做，做
做我們的最愛，啾啾
像我們的主，我們的神
千年來最愛以父之名
奮力宰殺羔羊，以火
浸洗城池，牲祭日夜
於是我們又做了一次，以愛
再次啾啾，我的魂和你的魄
再次撲撲穿過黑煙，像鴿子
旋繞了千世，卻仍找不到
那金色的樹，找不到
神的居所，找不到那艘
擱淺在山頂的大船

3

傳說它是最後一棵樹所造
傳說它裝載了未來
傳說從年輪中心又生了更多
枝繁葉茂的傳說
關於和平，關於新世紀
你聽，用你的雷達傾聽
那邊，在河之洲，慢慢橫渡的
粉紅色的蹄，是誰的子裔
還有那邊，是誰在蒐集斷肢
殘耳、鉛子和我們的葉子
啊，我們的樹乾枯了
天使無巢可居
金屬鳥兒從新世紀飛來
我緊抱著我的羊，人子啊
我射了，你爽了嗎

阿鈍，本名林康民，2005年初曾出版只在便利超商才找得到的詩集《XP的幸福時光》（明日工作室），2010年底結集多年詩作出版《在你的上游》（秀威，吹鼓吹詩人叢書）。

遷徙中的名片

侯馨婷

桌上擺著葉與樹的寒暄
咖啡轉著小壺，碟
想像是編號待研究的航道
打開門就進入你的生態
滿天振翼渲染群蝶群谷
空間流入持續的壺
那邊服務生過來把左眼這邊的瀑布
放在你右眼，魔術方塊轉來
凌亂的每根指節去辨認

我們遞出
如紫斑蝶遷徙
捕捉一個意想不到的註腳

侯馨婷，靜宜大學中文系及高師大視覺設計研究所碩士班畢業。作品曾入選年度詩選、高雄公車燈箱詩獎、生命教育繪本獎等。著有〈養了隻叫做愛情的貓〉等詞曲創作Demo，2011年出版繪本詩集《小人書》。

流螢帖

紀小樣

咸豐與昭和都已經草澤很久
此刻　心中一片曠野；暮秋
最後一把營火　點亮
時間的靜；野薑的香
淡入你舒緩的鼻息
天　蓋著　地
就要沉沉地睡了……

而從我掌心翩然飛脫
那是一盞流於水湄的蓮燈
撫慰過骷髏空洞的眼眸
彷如一朵游走的鬼火
無言　卻將黑暗洞悉

掀開那一層發膿的月光
翻身，在嗚咽的濁水溪頭

醒來——那是污泥掙扎為雲的夢
在那麼深的夜裡，依然有人
堅持用光　書寫
奧義的草書

紀小樣，本名紀明宗，1968年生，台灣省彰化縣人，就讀南華大學文學研究所，現於布穀鳥教授兒童作文。曾獲全國優秀青年詩人獎，出版詩集《實驗樂園》、《橘子海岸》、《熱帶幻覺》、《暗夜聆聽》等。

鹿港小鎮

胡爾泰

鹿港不是我的故鄉
我的故鄉沒有電腦桌
也沒有電腦可以上網
我的故鄉沒有華歌爾和施薇爾
也沒有麥當勞和肯德基
我的故鄉沒有夜店

鹿仔港是阮的故鄉
阮的故鄉有神桌仔　泛著杉香與檀香
阮的故鄉有神明保庇
伊的面早就去給香火薰得烏烏
阮的故鄉有查甫人的店　加查甫人做衫褲
阮的故鄉有漁舟唱晚　也有那卡西
有好呷的蝦猴和麵線糊　也有牛舌餅和鳳眼糕
船頭行五彩斑爛的鹿皮發出美麗而哀愁的光

鹿港小鎮啊
是一艘歷經風霜的船

停泊於老街和新潮之間

小鎮鹿港啊

是一座古老的鐘

擺盪於廈郊會館與寶島鐘錶行之間

胡爾泰，1951年生於台灣台南，1990年於台灣師大取得文學博士學位。擅長古典詩與新詩，手法多元，意象豐富。曾出版《翡冷翠的秋晨》、《香格里拉》、《白日集》、《白色的回憶》等詩集。2009年獲得教育部文藝創作獎（優等）。

借來的雪

孫梓評

後來我才明白。在黑夜
始終獨自一人聽見
空氣中，有哪些字眼悄悄蒸發

風景太涼
走進疑問句世界
找不到兩個人的鞋。只好
獨自一人辯解，然後
小心謹慎地
浪費溢出來的時間

每當悲傷向我道歉
每當對話時井裡缺水

其實是橘子派我來的
為了，遞給你一些陳年的氣味

幾句不完整的祝禱詞
揉皺了的微笑
晚安。帶著一點酸

每當沉默時別離預演
每當我們開始觸摸邊界

終於，我必須承認：
你眼裡所刪略的情節
是一場借來的雪
飄落在黑夜
飄落在始終獨自一人的，美好曠野

孫梓評，1976年生。曾出版詩集《如果敵人來了》、《法蘭克學派》、《你不在那兒》。

重建手札——在黑夜裡

徐國能

像祖靈庇祐過的作物，每夜樓房們都默默長高
等待秋收的時候可以釀出笑容
或者是在冬天　說一個
團圓的故事

藍圖的線條與夢境糾纏
牆垣錯落如詩參差
鋼鐵的地基便是韻腳
文明的意象詮釋敬天之道
又隱喻意志不滅　星星
線香的火光

而我們仍探向地殼
埋下電纜輸送清潔的光
當泉水湧出
我們便洗滌心底憂懼
用雙手捧起泥土　那不是埋葬
是種下昨日，以茁壯
明天

而路仍然漫長
在黑夜裡，怪手呵欠的姿勢
卡車矇矓的眼
我們還要加緊趕工，但不要急
那橋樑的手指已觸及了黎明
傳說黑夜可以關住天地
但關不住祖靈無私的庇祐

徐國能（1973－）臺北市人，東海大學畢業，臺灣師大文學博士，現任職於臺灣師大國文系。曾獲聯合報文學獎、時報文學獎、教育部文學獎、臺灣文學獎、文建會大專文學獎、全國學生文學獎等。著有散文集《第九味》。

同學會

馬修

外婆要參加同學會，小學的
外婆開心的眼睛像孩子手中的棒棒糖
那封通知信在她的手上
不斷開啟收好；收好開啟
漸漸與外婆的手背一樣，皺而柔軟

我打電話給外婆
又給彼此標上一條童話的刻度
日子愈接近
電話編織的經緯度比蜘蛛網綿密
網的中心點是時間酸甜的堆積
還有一些沒有被殖民的土味

外婆的兒時有戰爭
跟現在電子式不同
她說那時候跑來跑去還是可以
遠遠望見她外婆的墳地

所以她也不怎麼害怕
她怕的是那些衣鞋很乾淨的人

我不常看見外婆
總是打電話給她
舅舅的工業城；二姨的小鎮
還有小姨的山坡
我的聲音跟著電話跑來跑去
講電話的時候我通常
衣著很隨性

我也要參加同學會
小學的，八十歲的那種
外婆說好，電話中的空氣更甜了
我好高興即將會有八十歲的
小學同學

馬　修，新北市人。台中上班族。國道遊牧民族。往來於人流與車流。書寫為主要出入口。行動讀詩會連絡人。

水果短歌兩首

連水淼

土芒果

土親　人親　嘴親
我和台灣日上親

芒果青　澀到叫人瞇眼睛
芒果　有月兒的光輝
　　有星兒的斑芒

小朋友暄天一搖我還諸大地
一個個　胎記

蓮霧

一盞一盞相思燈
串滿枝枒
風來叮噹
相思海

浪花在遠方歌唱
有人在蓮霧欉下
用腳　打拍子
抖落　蒸熟的思慕

2011.08.20　台北

連水淼，1949年生於基隆。著有《連水淼自選集》、《台北，台北》、《在否定之後》、《首日封》等八本詩集。自十六歲開始寫詩，特別著重詩與歌的融合，歌詞創作有〈迴〉、〈紫色的水晶〉、〈憶童年〉等百餘首，現已完成退休。

關於地震發生的徵兆

張繼琳

關於地震發生的徵兆　總是有許多說法
比方蟾蜍大規模遷移、晚霞出現波浪狀雲朵
馬陸入侵民宅、池塘出現漩渦導致水位下降以及
妻子不尋常的晚歸等等　總是眾說紛紜　莫衷一是

關於地震發生的徵兆
即使如我　一名獨立的氣象兼地震預報員
像唱針敏感黑膠唱片上的灰塵
對地震的預言也始終被認為　純屬雜音

像氣喘病人敏感空氣中的花粉
我每每感覺到牆壁、花瓶似乎就要出現
肉眼無法覺察到的微細裂縫
我輕聲對妻說：午後……，恐怕會有地震

妻聞言大笑：風和日麗　春暖花開
怎可能會是地震發生的前兆
我想也是　身為一名獨立的氣象兼地震預報員
不能惑亂民心　製造恐慌
但我自己已先逃到戶外　假裝沒事看花

張繼琳，生於宜蘭，文化大學美術系畢業。曾獲優秀青年詩人獎、台北文學獎、聯合報文學獎、自由時報林榮三文學獎等。自印詩集《那段牧放的時光》、《角落》、《關於無敵金剛的詩》、《關於女鬼的詩、《午後》等。

無礙的痛

張國治

一塊息肉，悄悄長在初冬
牙床下，發炎
據說火氣、免疫力失調
導致。（無礙，但舌尖常不自覺
黏著，叫醒你的痛。）

像不像你呢，
一種寄生我皮層的血肉記憶
附著在記憶的咀嚼中
牙糟長出
舌尖黏不走的戀

張國治，1957生於金門，畢業於國立藝專美工科、台灣師範大學美術系、美國芳邦（Fontdonne University）大學藝術碩士。美術學專業博士班進修中。曾任台灣藝術大學視覺傳達設計學系所主任兼所長、文創處處長；現為該系專任副教授兼教育推廣中心主任。著有詩、散文、評論及攝影集等十五冊。

對海

莫問狂

你終生都在追逐一場雨
經過每棟失明的房屋
車流四溢，幾乎沖垮整座城市
而天空像一面鏡子
當你展開翅翼
修剪遠方隱隱湧起的毛邊，光
只懂玩弄一種鋒芒

你終生都在追逐一場雨
沿著圍牆的裂隙
甲蟲密佈，以烏雲聚合的速度
以繁星的方式傾聽你
的願望，默默無語
：「是隻精衛嗎？……對於一顆巨大且
無從置喙的淚珠，風吹著
便在原地打轉。暗紅的楓葉已心悸數十次。」

你終生都在追逐一場雨
小路因痛苦而扭曲，露出
傷痕嶙峋的懸崖
再一步，就能掀開
渴望許久的謎底
泡沫上貼滿花的影子。
為了閱讀

於是你走進海的淚問裡，
成為答案。

莫問狂，本名聶豪。生屆枯蘭之年，鎮日埋首於哲學詩文中的太平犬。欲有補於世而不可得，遂作一二遊戲筆墨，聊以寄情。

在大災難的日子裡

許赫

今天的晚報又擰出三斤的血，報紙很濕黏沾到哪裡都是一片血污。新聞頻道夾雜著高亢的嗓音滿溢出大量濃稠的血液，從客廳往四處橫流，餐廳、臥室都成了血污氾濫的下游。隨意走動的時候，就會把浴室、廚房、工作間踩得到處都是血腳印。第一天那種清洗到天亮的執著徹底打垮了上班族小夫妻，我們都窩在沙發上不下來，任由血污弄髒地毯和桌巾。父親說讓他看罵來罵去的鄉土劇吧，這樣電視機就不會一直流血了。我們不能停止地關心遠方大災難的消息，可能是太過憂慮了，沉重的嘆息都會在地上摔出一灘一灘細碎的炭塊。

早報仍舊很濕黏，沾得西裝外套血紅一片。辦公室裡的同事都是一副睡眠不足的悽慘神情。我們仍用耳機透過網路新聞頻道持續關心災情，顏色鮮豔的血液從耳垂往下流，先是鬢角，然後臉頰，流向下頷，流過前頸，流入衣領，經過鎖骨，把胸前衣襟染成碎花形狀的粉紅色。我們幾乎無暇理會，繼續忙碌地工作，只在有血偶爾滴落桌面時，會簡單擦拭一下，畢竟維持公文的整潔仍是上班族的基本禮貌。有一些空檔我們會討論一些可靠的捐助管道，然後又被忙碌淹沒。

有一天回到家裡看見妻子開始整理灑掃，我們用小刀刮除地上凝結的血塊，用抹布和清潔劑一吋一吋擦拭地板與牆上暗紅色的污垢。在清掃將近尾聲的清晨時刻，我問妻子今天為什麼又開始整理家裡？她淡淡的說可能是因為又發生了大醜聞，電視機已經不再流血了。

許　赫，2000年開始在貓空行館BBS站詩版開始發表詩作。曾獲創世紀45周年詩獎、優秀青年詩人獎。近年投入現代詩推廣運動，參與積極推廣現代詩的組織如：玩詩合作社、乾坤詩刊、角立出版等團體的運作。

放晴日

許水富

寄給您的愛情是胖胖的圓周率
像會笑的蒲公英。玩玩猜拳
皮膚的二十一歲綠洲腰間
山海起伏。夢和諾言緩緩坍塌
我們的液體逼近纖維化
囤積五千噸植物性的寂寞
聖經缺氧。黑暗越想越大
像河床。一個人荒荒的原始
找適合傾斜四維十九度的配方
同修辭學一起曖昧。眉批
和草書一樣情緒失控的夜晚
宿命論唇語。掠過遼闊
像武俠小說的開闔和動盪
我們不斷在一堆偽政權肥形而下
試圖練習擁有。四公克的您

世界愈來愈薄始料未及
占卜。我們的業餘內需建設
像數學題煎熬。是和非
進行時間冷凍。撫摸信仰
在病床左心室溫熱我們碎屑小句
寄給您。鏽壞的愛以及胖胖的明天

許水富，浯江邊境小島出生。國立台灣師範大學藝術學院畢及美研所結業。編採、廣告行銷、文字、繪畫創作；現任教職。曾多次舉辦繪畫個展，著有廣告經營、基礎設計、廣告學創意設計發想、POP基礎、字魂、工商專業書法等書。文學類著有：《叫醒秘密痛覺詩集》、《許水富短詩集》、《孤傷可樂》、《多邊形體溫》及《寡人詩集》、《飢餓詩集》等七種。

一個並不特別忙碌的四月下午

陳允元

在一個
並不特別忙碌的四月下午
第一號颱風形成了

像個看不見的隱形男子
與我皮膚挨著皮膚
的那種黏膩感

啊，水氣
正以一種輕微的然無以發洩的不快
像辦公室的隔間
像監視器，那種輕佻的傲慢
笑著，撫摸著你

在這棟莊嚴而神秘的
大樓裏。單面透光的玻璃，外面
是其他大樓的禿頂
總是與電梯擦身而過

總是等待

總是有許多秘密需要保守

才擦乾額上的微汗

又他媽的打翻

吸沒幾口的波霸紅

2008.04.17

陳允元，1981年生，台南人。台南二中、北大財法、台大台文所畢業。現就讀政大台文所博士班。曾獲優秀青年詩人獎、林榮三文學獎散文首獎等。詩作〈始祖鳥〉入選張默編《現代百家詩選》（爾雅）。《孔雀獸：陳允元詩集》為其第一本詩集，收錄2001-2010年作品。

不斷抖動抖動的消失

陳克華

萬里無雲的晴空當中
我們就這樣無能為力地分手你朝你的方向
我朝著我的

但我回頭看了看你而你
並沒有

你只是我不斷抖動的視野當中一直不斷抖動地縮小
（想必陽光刺傷了眼角膜）
縮小縮小一直縮小

而始終不曾消失
縮小再縮小

而始終不曾消失
縮小再縮小

而始終不曾消失
縮小再縮小

而始終不曾消失
縮小再縮小

而始終不肯消失
萬里無雲的晴空當中……

你只是一直不斷抖動地縮小縮小

陳克華，祖籍山東汶上縣，1961年生於台灣花蓮。眼科醫生。曾獲重要文學獎多項，出版詩、散文、小說、影評、劇本和攝影集共三十餘冊，撰寫國語歌曲歌詞上百首，其中膾炙人口者有〈台北的天空〉等。詩風大膽，銳意求變，顛覆道德，親痛仇快。其中又刻意發展情色暴力路線，同時嘗試形式的破與立，痛恨政治、意識型態和謊言，近年更常以台灣社會及政治題材入詩。

釋迦

陳良欽

踐履；以究竟真諦者
譜一生為流浪者之歌——
而我魯鈍
釋迦以養生

等同虎牙大小的果瓣一枚挨一枚
晶瑩的，傘狀散布——
小小一根湯匙舀取之
入口；子黑而小

香氣輾轉甜味
翻來覆去的筋斗；翻滾再翻滾舌端
奶黃乳白
醍醐，凝脂也似

群山環抱的山丘、坡地
朝雨、夜露、鳥啼、蟲叫、蛙鳴

手腳勤快的愛摻揉泥土、沙礫和陽光
啊！釋迦、釋迦、釋迦——

豈止？個頭顆粒，
如，佛陀髮髻
知味應是，流浪者之歌底琴音；
應是，雲門舞集底身影——

陳良欽，1942年生，宜蘭人。台北師範49級畢業。歷經四十餘年教師生涯，退休後與妻在羅東經營民宿。少讀梭羅湖濱散記，頗喜愛之；聞撒拉薩德流浪者之歌，印象極其深刻。著有詩集《湖緣》、《山花與露珠》。

ⒸⒸ社之契字

陳思嫻

ⒸⒸ社蕃□□□□，承母親得一處體膚，終生如貧瘠的荒地，坐落在ⒸⒸ社雞屎路，東至胎記為界，西至箭疤為界，南至腳趾為界，（中途，跨過窪地般的肚臍），北至髮辮為界，於我的肉身清楚為界，與路過的蕃人無關。有牛車時時踏過狹窄的額面，犁出壕溝般的紋路；有外來的新品種籽滑入喉，夭折的苗無以發出歧義的芽音；眼睛被掏成兩口無望的空井；四界的毛髮被拔得一乾二淨，改種刺竹足以圍城。現在因為血液困頓，無法順暢流經臨界，情托漢人□□□經營，並且換取漢姓「潘」和新輸的鮮血。日後，子孫不得後悔，不得逗留在沒頭沒臉的私處，哀嘆一無是處、消失的祖先和土地。

契字人　潘□□（一枚指紋已渙失）

莿桐花開第三百零二次春天　紀年

後記：ⒸⒸ社是百年前蒸發於島嶼的平埔族社群之一，歷代族人因預知滅族的命運而悲傷過度，呈淚般的液體狀態、鹹性體質。ⒸⒸ社真實社名不詳，據說，在蒸發前一刻，族人們把不明白悲傷為何的狗，擺放在月勾，目睹整個過程的人類學家，於是畫下這一幕，將該社群命名為ⒸⒸ社。

失眠夜

陳若詰

我多麼想在此刻把枕頭下的寶劍拿了出來
江湖最忌諱的時候就是在失眠時打翻了一個酒壺
卻讓女人醒得叫人不敢拿手闔上她美麗的眼睛
當昨夜上吊的那個惡徒自己的臉上綻開了笑容
我獨在窗台看那個月亮在雲朵裡
伸出了一雙手把群山抱在身懷裡
我把杯子裏的那滴最後的一珠酒水
澆在那斷了蕊的蠟燭
期盼它有再次為自己失眠的夜晚流淚的一天

陳思嫻，1977年生於台中縣。最近的口頭禪是「好不好」，那麼就讓讀者不要浪費太多時間讀我的簡介，好不好？

陳若詰，本名陳冠如，1988年生，自國三開始接觸文學，寫詩為一生志業，曾獲四A創作聯盟首獎、基隆海洋文學獎、全國巡迴文藝營詩獎、全國台灣文學營詩獎、「靈魂在左手・情詩徵選活動」首獎。

整齊、細碎，一如縫線

陳雋弘

天空漸漸闔上了
厚重的盒蓋
月亮升起有如鎖孔
我便從那裡
窺探你的內心

當然是不完整的
我懷疑的是
那無止盡的黑髮，仍在生長
易裂的指甲
又如此容易刮出聲音

愛被折成了
合適的大小
每次
你想抽煙的時候，我便沈默
成為口袋
啊，在胸前藏著一只
藍色的打火機

陳雋弘，1979生，現為高中教師。曾獲時報文學獎新詩首獎、教育部文藝創作獎新詩首獎、台灣文學獎、吳濁流文藝獎、打狗文學獎等。著有詩集《面對》、《等待沒收》（松濤）。

某先生

陳銘堯

記不得了
記不得什麼時候開始
世界變成我的獵場
戀愛變成我的遊戲
汽車變成我的玩具

記不得　記不得
什麼時候
為了什麼
開始抽菸
混和過量的酒精、食物和荷爾蒙
散發難聞的體臭
越洋大聲吼著電話
走進「男人」的廁所
大剌剌地拉開褲襠
變成被人討厭
被人害怕的傢伙

什麼時候　什麼時候
變成了公關高手雙面人
說謊的技巧日益純熟
連自己也騙得過去

什麼時候　什麼時候
自從他們叫我「先生」
自從他們叫我「兄弟」

陳銘堯，彰化縣二林鎮人。1947年生。東海大學中文系、文化大學藝術研究所碩士。笠詩社、台灣現代詩人協會、台灣筆會同仁。詩路典藏詩人。已出版詩集《想像的季節》、《陳銘堯詩集》。

在林美山

陳謙

霧雨起時，在林美山
氤氳起自太平洋以東，想念向西
橫越，你我手機衛星的間隙
你的聲音成為斷續的類比雜訊
在十九樓的窗口，是否，你的眺望
順著高架道路一路往東，讓懷想逆向
馳思，迎對今晚向西的冷風
在太平洋濱，天晴時
可以遠望龜山島的大學之城

方便再來電嗎
我選擇在圖書館的騎樓下等候
知識積累理智跟感情的雲層
雨也逕自穩定地落下。我知道

酸雨，還會自顧自的落在全台北的屋頂
但它總越不過長長的雪山隧道

還記得我開車以時速七十的速率
將你安全帶回天使的城市嗎

微微沁汗的掌紋時而挲摩你細緻的指尖
不握方向盤的右手將前座你的雙手緊握
怕是你一個人形單影隻的孤獨
總會在城市迷路無助而徬徨

徬徨岐路的憂傷，當車切穿盆地的山脈
在無風無雨的辛亥路上，彷若革命澎湃似的聆聽
槍響，你也聽到了嗎：心跳的嘆息，心跳的
不安。在你慣常多雨盆地的窗玻璃上……
為你掛起的晴天娃娃是否正迎風搖曳
車窗漫泛又隨雨刷散去的的霧雨一再質疑
一再考驗看似脆弱的愛情。我該放手
不是緊握，因為我懂，懂得霧雨過後
季風將漸趨和煦
向陽的花序會在風中走告春天的訊息

或許你仍憂鬱難解

沾染都會慣有的DNA

但記得島嶼的東岸

日出的方向，在林美山

每一天 ，總有愉悅的心情因你的想念

燦爛，一如窗檯上

不時遠望的向日葵

陳　謙，1968年生，佛光大學文學系博士。曾任出版社總編輯。現在多所大學兼任助理教授。

帶你去找我遺落了的乳牙

——給予謙

須文蔚

帶你去找我遺落了的乳牙
和不經意留在眷村裡的夢

夢魘裡的我正經歷牙床的大地震
總是在每個夜裡小心翼翼躲過
野狗像螢火蟲飄飛的眼神
攀爬山坡去公共廁所，排泄掉
貧窮人家也有的飽足，再飛快
和夜幕中突襲背影的狂猖競跑
躲回深藏在被窩裡那個溫暖的夢中

在夢中我精明於分類
把上排熱愛地心引力的門牙藏在床下
把下頜醉心飛翔的小虎牙拋上紅瓦屋頂
只要傳說中的反作用力運轉不歇
新生的恆齒就會快快拔高
只要再長高半個頭我就可以

跨上爸爸的腳踏車
沿著瑠公圳
跟著爸爸流浪異鄉的路線
奔向鬧市的喧囂中

帶你去找我遺落了的乳牙
你溜著直排輪，皺著眉頭
看著紅瓦屋崩壞成台北市裡
最最超現實的裝置藝術
貼切地詮釋讓政客謊言棄置的重建計畫
謊言裡我們找不著夢
崩壞裡我再也找不著
醉心飛翔的小虎牙

躲在角落的雲
——中途之家，男童乙

喜菡

那個角落，很憂鬱
被趕出山岫一朵怯怯的雲
飄了幾里，停了下來

幾滴雨滴
跳啊跳的，跳到跟前
逗弄雲的背包

「你的背包什麼都沒有
我的背包有教室，有老師，有同學……」

雲打開背包
他想說我有一本漂亮的嶄新的聯絡簿

雲合上眼前巨大的雨聲
他想：這裡好冷，我應該去
媽媽去的地方

媽媽應該會開門
另一個爸爸的兩個女兒會給我鉛筆
還有還有，幸福會和我躲貓貓

喜　菡，台東人，現居高雄。淡江大學中文系畢。曾任港都文藝學會總幹事、台灣新聞報「台灣寫真」專欄執筆、高職國文教師，現任喜菡文學網站長、大憨蓮文化工作室負責人以推廣生活文學、文學生活為職志。出版：《骨子裡風騷》、《今夜化濃妝》、《蓮惜》、《到旗津打卡》、《深情》、《靠近》、《寶島漫波》等詩、小說、影像、旅行、電影等文集。

貓之□□

曾念

在離開母性的懷裡後
用魚骨撐開我細瘦乾扁的一生

鏡中
寧靜地想像自己躺在
最初生長的地方

聽覺裡傳來一陣陣母親的召喚
然而，清醒的我弓著背脊
成一座沉默，神秘的家園

躡足的夢境　眸中的星光
主人老了
而我的傳說正年輕

曾　念，本名曾期星，來自南方。曾主編學生詩集《換季的掌紋》以及曾獲頒教學創意獎、大武山文學獎、優秀青年詩人獎等。一生以身為池田門生為榮，誓願將創價理念散播於世，現於新北市蘆洲國中執教。

關於……

曾琮琇

關於那場遲遲未落的雨，我們無從占卜
街道刻鑿著熾燙的鞋底與車軌
葉瓣集體脫臼，支離
豔麗的夾竹桃不再豔麗
參差的仙人掌如爆裂物般地生場，彷彿
就要穿透整個夏季

此時，我們已經放下書本
在逼仄的騎樓，在逐漸乾涸的室內泳池在
水泥堆砌的廢棄涼亭
在滯留不動的風裡，四處閃躲
懾人的火光照映我們憂傷的眼瞳
我們並不急著逃竄
只是抬頭，一隻信鳥駛離我們
視線的航道

關於那隻盛裝打扮的鳥，我們無從挽留
還是去冬的羽毛包裹精緻的身軀，顯得笨重而滑稽
牠振翅，拍落特別陳舊的幾枚，好比
過時的斗蓬上，鬆脫的鑲金鈕釦
夢中不慎遺失的電話號碼
然而我們並不急著撿拾
重新攤開書本在那頁，在指尖隨意翻動最後
棲息的那首詩上
反覆默誦，疲倦地安撫我們
淺眠的憂傷

關於我們的憂傷，始終
無從抵禦

曾琮琇，成大中文系、所畢業，現就讀清大中文所博士班，出版詩集《陌生地》、詩論《台灣當代遊戲詩論》，專長是悲傷。

潮祭——記載萬生變

然靈

0

取下月光托亮的臉
眾生在掌間睜開
卻挪出了一個
破碎的世界

1

用一萬口誓言排練出忠誠
我們認真地拼著天地
理想的圖攤開掌紋
換宿命的線

2

島嶼正踮著腳尖，看酸一場劫難
我們都還沒確定轉身的方向
馬就狂奔了起來
「有禍不成災」的預言，舔舐著一八六二年的早晨

3

等蠟燭將夜
用得一滴不賸
你將信我，如一個跪姿
直到所有的經文
都敲響木魚游動的目光
而香爐裡的哪一柱煙
是插許的願望

4

潮在瘦下去
漲起　的白沙，堆高夏天
所有的墳都長得和背脊一樣正直
我們身世的清單
也歷史起來

註一：清同治元年（西元一八六二年），彰化發生戴萬生之變，長達三年始告平息。雙方你來我往，除了對陣廝殺之外，甚者更發生官軍推出白沙坑福神、戴黨以南瑤宮媽祖與之抗衡的局面。林文龍《台灣掌故與傳說》台北：台原出版社，頁156。

註二：戴萬生舉衆圍攻嘉義城三次，時嘉義民心未定，城隍爺蒙示籤詩云：「有禍不成災」，人心遂定。

然靈，號小烏鴉，著有散文詩集《解散練習》、個人創作詩集《鳥可以證明我很鳥》。

秋日・細雨霏霏

紫鵑

「我在香港聽到暮春三月的杜鵑，聲聲啼喚，心想牠就是中國古代文人筆下的傷心的鳥。你為啥叫紫鵑呢？好聽是好聽，就是老想到那不快樂的鳥。這樣吧！把牠引以為戒，牠傷牠的心，你快樂就得了。」？

瘂弦伯伯2007.09.24寫於加拿大寄至台灣的書信。

一.

杜鵑鳥傷心
香港也慟了

龍應台窗前的那個轉折
從三月嘶叫到秋後還有餘音

那棵銀杏樹　偷偷地
被一朵花摘了整本書頁
渾然不知

二.

香港半島掉了一隻鞋
另一隻留在恆春半島

洋紫荊花開
豔紫荊花落

杜鵑鳥低空
眺過窗口

三.

貓咪伸伸懶腰
背著一個名字

柔軟的倒影
發酵成啤酒泡沫

夢也酩酊了

四.

不是杜鵑花啊
鳥呀的

天生的脾性
總得把林黛玉生生世世
未曾散盡的雨水
收收乾淨

五.

清水　彎一道波紋
形成四十四行文字花
我想捧朵時光的浪濤送給他
灑落幾滴相思籽

加餐飯
佐酒

六.

那麼　縮成一隻貓吧
永遠癡癡笑笑

單隻腳穿鞋
也能快活地跳舞

七.

今夜
有些潮濕

每一轉折
都會在三月後　秋結

飛吧
兩點五十七分的午夜

無時無刻不停放送
家鄉的濃烈

細雨霏霏
飛滿天

遠方有風有山有燈有窗有
書桌前雙眸　忽向外看

紫鵑，屏東恆春人。莫名其妙的中年女子：溫柔半兩，多心一片，肝膽五錢，淚水六斤。愛人、愛生活、愛書、愛旅行、愛美食、愛音樂、愛電影、愛睡覺、愛所愛的一切。2002年獲得優秀青年詩人獎及最佳廣播劇團體金鐘獎。
個人網站：新浪部落格「紫鵑的窩」、大陸詩生活專欄「我和我的影子在跳舞」及今天論壇女性寫作版主。

星期月——性／別詩想像

楊宗翰

星期月
一男子經血泊裡
　　　　　　臥倒
進化為娥

眾娥圍繞
娥連一根香煙也不給

燒些善本經典，燒些
有用無用的理論，燒些人群

燒蛾成冰，還冰為淚
——飲罷發出原始狂野的一聲

哦！

楊宗翰，1976年生於台北。著有評論集《台灣現代詩史：批判的閱讀》、《台灣文學的當代視野》、詩合集《畢業紀念冊》等。作品入選《中華現代文學大系》(詩卷、評論卷)、《台灣文學三十年菁英選：評論三十家》等。

最美的季節

楊慧思

四月的清晨
春光明媚的季節
候鳥從嚴寒的國度回歸
屬於早熟的春天
路過的燕子為詩人們
捎來一個接一個喜訊
終於找到心靈棲居的喬木

高樓上的驛站
為疲累顛簸的詩旅
送上最溫柔的安慰
該是時候
拭去市俗的塵垢

一頁一頁詩卷
伴隨茶香嫋嫋
繚繞窗明几淨的四周
以及雅致的點綴

窗外是鬧市公車的喧囂

窗內是詩人生命的沉澱

詩屋內悄悄窺探

詩人的秘密

歲月的影子流星般掠過

不經意度過

最美的季節

楊慧思，香港「藍葉詩社」秘書長，台灣《秋水詩刊》同仁，香港大學博士研究生。曾獲香港大學頒發「新詩教學獎」，2007年世界詩人大會頒授「新詩創作金獎」。出版詩集《詩@情》、《四葉詩箋》、《失落的季節》、新詩教材《新詩創作教與學》。

沙巴北望

葉樹奎

精靈伴隨著
一路追逐
夢境中的
蒼翠
清波

彷彿時光交錯了

樹影間
紅毛猩猩　穿梭演出
遠古的呼嘯
攀援在
濃密的盡頭

雨阻的午後
是　意外
婆羅洲夏日的清涼

終於

迎著清晨

陽光下

從竹屋　登竹艇

泛入

名竹之川

碧水拂舟

川流未盡

水轉靛藍

北望無涯

那微茫無涯的

船家說　竟是

南中國海了！啊……

It's the South China Sea,

A vision from Borneo.

葉樹奎，1945年生，淡江大學物理研究所畢業。先後任教於淡江大學、新埔工專、聖約翰科技大學。教學專長理論物理、量子力學、時空情境等。開創時空藝術領域，創辦新時空文化事業。愛好詩、音樂與藝術的時空交會。現任新時空文化事業有限公司暨時空藝術會場負責人。

美麗的人子

解昆樺

美麗的人子指尖滑過海洋後你還能聽到什麼樣的浪濤逐波的人早已放棄了眼睛美麗的人子真摯的愛你從時間逆旅而來帶滿血與獵弓按一個按鍵打開五光十色的VCD　你以為你睡了飛魚在哪裡山豬在哪裡誰能恩賜我一把彎刀衝破你的現代回到我的神話

美麗的人子讓我們為你獻祭一台終端機為你解碼我們的胴體復古的詩篇人們寫得太多我們畢竟在時間裡都痛苦過竄動過誰都不需要通過時間的喉嚨這世界就是我們的子宮綿延擴大的黑暗爆炸了你在牆角的陰影抓著受傷的鼠貉用力地生過好重的歷史

美麗的人子這一切都是罪什麼值得寬容我們都是土地的孩子我把你的泥土密閉在我水泥地的胸膛你黑色的血在我的下水道中醞釀什麼是獨臂的巨人什麼是怪手什麼是憤怒的牛什麼是發飆的砂石車電梯裡的靈魂上上降降每天頭顱都在揣摩天堂地獄的距離這些都無法票選而我瞭解的美麗的人子你知不知道我的神話比你的現實有更多無妄的祭典

解昆樺，一九七七年生，曾獲國家文化藝術基金會文學研究及文學創作獎助、自由時報林榮三文學獎、中國新詩學會全國優秀青年詩人獎、苗栗縣夢花文學獎、文建會臺灣文學獎、教育部文藝創作獎、吳濁流文藝獎等獎項。現任國立中興大學中國文學系助理教授。著有《七〇年代新興詩社及其核心詩人與詩刊訪查研究》、《青春構詩：七〇年代新興詩社與1950年世代詩人的詩學建構策略》、《詩不安：七〇年代臺灣新興詩社及詩人之精神動員與典律建制》、《臺灣現代詩典範的建構與推移—以創世紀詩社與笠詩社為觀察核心》等。

在還沒有銹成礦之前

詹澈

戰火熄滅之後
互相問候的煙火渡過中秋的海面之後
我們開始生銹
在還沒有銹成礦之前
不允許我們有一聲嘆息之前
我們地之雷
渴望著和天雷的一次交叉
來一次鞭及的閃電吧
精準的擊中我們
在還沒有銹成礦之前
因為一聲吶喊而跳成一朵花
一朵沒有任何傷害的花
搖曳在雜草與高粱並生的山坡上
在墓碑的邊緣
一朵沒有任何傷害的花

詹　澈，生於彰化縣溪洲鄉西畔村，國立屏東農專農藝科畢業，曾為1979年黨外雜誌《春風》發行人，《夏潮》、《鼓聲》雜誌及《草根》、《春風》、《詩潮》詩刊編輯。曾任國大代表，為農權運動發起人，參與多次社會運動，2002年「與農共生」12萬農漁民大遊行總指揮，2006年百萬人民反貪腐運動紅衫軍副總指揮。著有《土地請站起來說話》等詩集、散文和紀實報導文集多種。

熱天午後

達瑞

熱天午後。不斷巨大
的天空，吞噬我們剛離開的樓層，
剛熟識的招牌。熱風卸下
接通電話的念頭，寫信的契機
足跡依序蒸發，彼此毫無身世地踅晃
紫外線讓慾望，潮紅腫脹
思緒在陽光裡性愛，在陰影中哭泣
熱天午後。假寐的電視不斷醒來，
新聞與戲，敗德與侮辱
僅只一個錯身，便就燎原星火
城市盡數棄燬，死亡……
半哩外乾涸的溪流，提前揭示的屍首
生命如刀影掠過，短短的距離
被彼此誤為光年。強光下，
謊言的細節於謊言中自動拆解——
機械裡一枚逆旋的螺絲，卷宗裡一段
倒置的思維，我們是時間魔術裡
一處不安的破綻，輕輕徘徊於

虛設的窗口之前，靈魂是
無法擰淨又逐漸汰舊的汗巾，
被劇烈的陽光，掩飾而過
熱天午後。如同另一次午後
沸點的風景和風景的沸點，
焊接為足以自焚的詩集
所有表情皆為錯用的字韻，
順風中舉步維艱，在巷尾轉彎不順
走失的生命副題一如後視鏡裡
的晴空，與自己的前進相反
流竄於地面，滿城的遺憾

達瑞，本名董秉哲，1979年生。真理大學台灣文學系畢業。作品曾入選年度詩選、年度小說選，曾獲聯合報文學獎新詩大獎、小說評審獎，時報文學獎新詩評審獎等。

愛上風花雪月

廖之韻

我們是風花雪月的影
踩著自身不得安歇
從哪個世界迴轉入此一瞬間
說不清
用紅線標記的章回

被風吹醒了睡
山邊雲雨已過
散落滿地嬌嗔片語
或許成為下一個夢枕
一雙彩蝶不識莊周

花說來年依然風流
芬芳熏上了衣襬
四處留香，誰怕
萎地的靈魂
貪得大地深深的
吻

如果有雪
可不可以淋上幾匙蜂蜜
用舌尖品嘗
沁透心底的滋味
不斷膨脹
可憐凍壞了熱帶常軌

夜夜數著月
從東走到西
奔不了天
我們只好相思
終究回到那個起點
用一句誓言換一刻醉

廖之韻，1976年生。台大心理學系學士，台大公共衛生學系學士。曾獲全國學生文學獎、優秀青年詩人獎、宗教文學獎等。作品發表於：《台灣詩學》、《創世紀》、《乾坤詩刊》、《中外文學》、《聯合文學》、《壹詩歌》等。作品曾收錄於：《四季》、《如果遠方有戰爭》等書。

黃河之筆

墨韻

黃昏
靜立華山之巔
黃河輕輕在華北平原的稿紙上起筆
整個北方都在歷史的眼底
婉轉多情　蜿蜒千里
一筆綿長悠遠的草書
在歷史的大地裡曲折而前

靜立華山之巔
頻頻與您揮手
深怕您看不到山巔上渺小的身影
平原上靜靜的寫著草書
夕陽也不多語
只在日出日落時接近你的耳根
呢喃數語
多少過往的朝代
濃了草書淡了墨色

深深淺淺　若斷似續
鐫印著跨時代的法帖行雲流水

夜深時
華北平原的地標化作一方端硯
你收筆和墨依著端硯而臥
夜的版圖垂下歷史的卷軸
你猶豫著是否繼續執筆
沉睡裡
夜色融入了更多情的筆墨
你順勢徜徉在歷史的懷裡
化作氣勢淋漓的墨氣
明朝華山日出裡
山巔上一縷朝霞　的清芬
仍是濃墨的餘韻

泥土

劉正偉

嬰孩的時候
我是狂暴的君王
時常灌溉泥鋪的客廳
讓父母的回憶氾濫成災

年少的時候
常伴著父親
為拏除禾苗間的稗類
讓汗水爬行在爛泥巴裡

現在的我
為了家庭的飯碗
天天用四輪壓迫著馬路
然後，睡在天空的鳥籠裡

年老，年老以後

我將種在泥土裡

呵護永恆

聽，時間慢慢腐朽的聲音

劉正偉，1967年生於苗栗，現居桃園。省立苗栗農工冷凍科、台北商專附設空專會計科、元智大學應中系畢業、玄奘大學中文所碩士，佛光大學中文與應用學系博士。現為育達商業科技大學、佛光大學兼任講師。曾獲苗栗縣夢花文學獎新詩首獎。著有：《思憶症》、《夢花庄碑記》、《覃子豪詩研究》等。

新房客

劉哲廷

有些適合研磨體味
有些適合悶壞

之後瀝出的景很難定形
往往就先流產

我們在草叢裡埋下兩副眼球
培育一種壞天氣的視野

暗土下莖芽暴虐
彷彿要擄走整個夏天

劉哲廷，生於1979年，2004年獲「優秀青年詩人獎」。曾擔任乾坤詩刊現代詩主編，台灣詩學吹鼓吹詩論壇雜誌執行編輯。曾參與「玩詩合作社」、「角立」設計出版。曾辦過小小的畫展、攝影展。

今天公雞沒下蛋

劉碧玲

公雞找不到自己下的蛋
出門啼找詩人學寫詩
母雞煎了沒有蛋黃的荷包蛋
堆遮山頭白日光

月亮借不借
太陽找不找得到
詩人催寫公雞下蛋
沒有日出敲門的阿里山
一樣亮開了

劉碧玲，讀書讀商科，主要工作是寫作，次要工作是家務處理。幾個得過且記得的獎項：九歌少年小說佳作、倪匡科幻獎小說首獎、懷恩文學獎兩代寫作組第一名、台北市公車暨捷運新詩首獎。

半屏山

蔡忠修

父親流星語般的閒聊
有的殞石已入土為安
有的走入了東南水泥場
守著寶藏的妹子仍在打狗山上
守著冽冽的海風
看著窄窄的港灣
冷冷的雨狠狠把中山大學劃了一道
留在歷史研究所牆上的
是時間？是傷口？是無法癒合的故事或傳說？

如果北京沙塵暴由此登陸
讓蒙古新疆的風沙在此飛揚
高雄街道仍會頑強抵抗
半屏山雖然只剩半面江山
依是夢裡父親的故鄉

蔡忠修，高雄市人。現為臨床獸醫師。著有《初啼》、《兩岸》、《神問》等詩集。1975年和履疆、陳煌等創辦綠地詩刊，81年和向陽、劉克襄等加入陽光小集，86年和苦苓、徐望雲等創辦兩岸詩刊。曾停筆十五年，現又開始奔馳在文壇的草原上。

不完全比賽

蔡振念

打擊出去的童年跌落在右外野
蟬鳴噪動　夕陽驚聲歡呼
我們守備的時光已然
盜上二壘　並且困頓前進
往事退卻　夢在三振之間遭到夾殺

這是那人與兒子預約的賽事
為了那年留下的殘壘
他苦心鑽研　歲月變化的球速
與風雨路徑的因果關係
群沙飛舞　野草紛紛低頭

要撿回　賽事遺留的一條斷臂
風雨過後　陽光漲滿壘線之間
重新站上打擊區　命運凝神注視
投出的會是第幾回的三振？
那人擊球的姿勢如牧神之晚禱

過去的未圓滿都被接在手套內

界外球之後　時間的步履安穩寧靜

觀眾席人聲稀落　球數已滿

這注定是一場不完全比賽

未投出的一球　被永恆懸宕在空中

蔡振念，1957年7月4日生於福建金門瓊林村，畢業於輔大中文系、威斯康辛大學東亞文學系，在美就讀期間曾獲中國時報青年學者獎。曾任中山大學中文系主任，現為中山大學中文系專任教授。著有《與現代詩共舞》、《陌地生憶往》、《漂流預言》、《水的記憶》、《敲響時間的光》、《人間情懷》。

與時光並坐

——在香山車站候車

謝三進

不再前進了，舊時光
已經進站。候車室空無一人
沒有人打算離開

售票口暫停運作，唯一的站務員
遵守小鎮的規律在午睡
剪票口柵欄輕掩，把世界隔在外面
列車久久才來一班，盡可能不去打擾
一直以來的安寧。在這裡
時間是白色的漆，緩緩剝落
逐漸露出本來的樣子

白長椅靜靜的
早已習慣等候
在它斑駁的指掌之間

佈滿人世的刻痕
像是老舊唱盤，嗓音沙啞
時光十分年邁，陷入漫長的沉思
在列車進站之前
我們在一旁也只是陪伴

謝三進，1984年冬日生，師大台文所研究生。對人生與寫作經常抱持疑惑，但對二者的探求也始終沒有中斷過。著有詩集《到現在為止的夢境》、《花火》（寶瓶文化），亦曾參與編輯《台灣七年級新詩金典》（釀出版）。

漏

隱匿

雲層的缺口，曾漏出過
夢境的某個角落
它像是沙地上的腳印，踩醒了記憶
穿過靜坐的人群，月光圍起的拒馬
像是痛又像是花
曾經開在荒漠裡，開在天空
也開在一個笑容

然而，從一個笑容裡漏出來的憂傷
遠多於哭泣
從政客的道歉裡漏出來的誠意
遠低於中樂透的機率
我們曾漏掉過最好的詩句
漏掉了心跳與流星
漏掉某個已經漏掉的世界
漏掉漏

漏掉了忘記
當秋雨點燃一片紅色草原
時間在便當與鴿糞之間潺潺流過

雲層的缺口，曾漏出過
天堂的某個角落
它像是結構嚴謹，又似乎矛羽森然
彷彿若有短兵交接，有時卻又和平
宛若一面靜止的湖泊，有陰影溫馴
漏掉光，漏掉額上的角與純白的翅膀

隱　匿，淡水有河book書店店主。曾出版詩集《自由肉體》、《怎麼可能》。曾編輯詩選《沒有時間足夠遠——有河book玻璃詩2006～2009》。

懷魯迅

韓廷一

一襲青灰長衫，
一雙褪色皮鞋，
道是兩袖清風，敝衣破靴，
卻也腰纏纍纍，胸懷萬千。

一對橫眉冷眼，①
濃黑的一字髫下，
永不屈服的雙唇；
構成「周」字臉譜。②

手裏老是叨著煙卷，
集胃病、腸病、肝病……於一身，
活像個十年鴉片癆鬼，
看似新病初癒，
卻又精神抖擻，「冷對千夫指」。

他是狂人，他是阿Q，他是孔乙己……③
他以一支冷酷如劍之筆，
忽而冷嘲熱諷，
忽而「替大眾吶喊」，
挑破眾多道學家的假面具。

一個集貧、病、私、愚、弱……
行將衰亡的疲憊民族，
正待「魯大夫」大卸八塊，④
看個究竟，重新整型。

病人急了，
嫌他褊狹陰險，行踪詭秘；
咒他動搖國本，絕子絕孫；
罵他亡國滅種，是共黨同路人。

他依舊堅持己見，老神在在……
層層剝脫芸芸眾生，

時時貫徹，他的主張，

直到氣急敗壞而死。⑤

註：

① 「橫眉冷對千夫指，俯首甘為孺子牛。」這是魯迅的自畫像。
② 魯迅姓周名樹人。
③ 這三部是他的代表作。
④ 魯迅早年在日本仙台醫專學醫，主攻解剖學。
⑤ 魯迅以肺結核死於1936年10月19日清晨，得年57歲，死時只有妻子許廣平、胞弟建人及看護田島三人，沒有牧師、僧侶為之祈禱念經，二天後卻有一萬多人前往瞻仰，六千多人執拂送殯，備及榮哀，與馬克思後先媲美。

韓廷一，一個滿懷「詩意」卻寫不出「詩篇」的「詩人」。現任於海洋大學、實踐大學。

另類蘋果

藍雲

曾經落在牛頓頭上
誘惑夏娃和亞當犯罪的蘋果
到了塞尚的筆下
變成永遠　耐人咀嚼
讓無數眼睛渴慕
酣飲的酒
吟詠的詩

從巴黎
到台北
這些繞著地球跑的蘋果
將人們帶到一個沒有國界的國度
在美的饗宴中
忘卻現實的醜惡
發覺這世界並非完全是沙漠

・參觀「奧塞美術館名作特展」後作

老磚牆紀事

藍棠

向自己預約一個陽光也悠閒的黃昏
拜訪一面老磚牆，老磚牆用藤蔓寫故事
且不斷拿光線和雨水修潤
儘管他的書寫文字還是
象形文，但他堅持內容是絕對地
嘔心瀝血

他說忠孝節義已然沒有票房
且讓我把詩的微言大義，委婉道來
老藤新葉無不化為廣長舌，宣說
詩的春秋紀事
只待知音的路人佇足
然而路人總是匆忙，以餘光瀏覽
連楔子都未能參透
當然我，還是一個章節一個章節
書寫，我的跋
將在倒下那一刻完成

於是你，曬著悠閒的陽光
踱進老磚牆的歲月，磨蹭再磨蹭
那泛黃的冊頁捆在糾結的枯藤裡
打開扉頁，歷史煙塵彈起被遺忘的古調
你聆聽你唱和你讚嘆
在斑剝處寫下眉批，而讚嘆掉落
人行道上，在路人匆匆的步履間
迴響　迴響　迴響……

這個黃昏的陽光突然有了重量

藍　棠，本名康逸藍，淡大中研所畢業，曾任淡水國中、曼谷朱拉大學教師、國語日報編輯，天生國小駐校作家，現任時報文化出版編輯。已出版：《周末・憂鬱》、《今天這款心情》、《臭豆腐，愛跳舞》、《爾虞我詐》、《閃電貓斑斑》等詩文集及兒童文學作品。

賽事

鯨向海

每一場並列死亡之組的攻防戰
我都輸你甚多
那些上帝之腳皆歇息了
留下凌空截踢後
滿地破碎的鏡片

每一波進襲攻勢的最終判決者
我皆敬你甚多
那些生命中的前十六強都已經盡力了
唯不盡的恩仇四年一度翻山越嶺
繼續遞來青春禁賽的紅牌

每一回脫下戰袍坦誠相見的假動作
我們都冒犯彼此甚多
那些比一生還漫長的對決皆遠去了
在不同的場合憶起倒掛金鉤的舊事
皮肉鬆垮的戰績表已經握腳言歡

每一個在你面前失足摔倒的日子
都值得紀念甚多
那些晴空草原上一望無際的腳印
曾在某些瞬間，又重新湧動起來
飛火流星接連在壯闊的十二碼外射穿
天堂之門
你卻始終愛我不多

鯨向海，1976年生。著有詩集《通緝犯》、《精神病院》、《大雄》，散文集《沿海岸線徵友》、《銀河系焊接工人》。詩作曾入選《中華現代文學大系（二）詩卷》、《台灣文學30年菁英選1：詩詩30家》，歷年年度詩選等。

秘密信仰著

嚴忠政

午夜三點極遠的地方
我望見極遠的一個小窗
只有它亮著。像一封匿名信

我知道夜色最是單薄，有鬼會被揭露
我相信，如果我把女兒牆敲下來
整條街景就會跟著感覺走
然而又怎麼能讓她站在我的胸口
像站在危樓

還好我們勇敢欺敵
這件事只在遠方發燙
還好，感覺是匿名又匿名的
屬於迷信的一種
儘管我把山葵磨成自己，而她故作不熟
三分熱度恰巧可以慢慢煎熬，如鬼火

還好目擊者總是對愛採取擬人格

忽略了我們因為愛祂

所以相互迷信

迷信站在這樣的高度

像一口懸棺也秘密信仰著

嚴忠政，1966年出生於臺中市。著有詩集《黑鍵拍岸》、《前往故事的途中》、《玫瑰的破綻》及評論集《風的秩序》；作品曾多次獲聯合報文學獎、時報文學獎等，並選入海內外十多種詩歌選集。

飛魚

龔華

穿透天際的地平線
模糊了搖櫓的壯碩身軀
浪花默默掀起地殼的淚腺
搭築起海市蜃樓
遠去了
他們追逐著南風

望海的日子
對抗著遺棄航道的詛咒
族人的豐年祭上
糧食安靜守候著糧食
不忍柴火再消瘦
海面上祖靈呼喚如煙燭

勇士們柔軟的箭
飛躍成春天復出的美麗彩虹
在女人的眼淚裡　聽
島嶼新開的蝴蝶蘭
訴說
飛魚與達悟族之間的承諾